JACK MICHELINE

Skinny Dynamite

STORIES

MAROVERLAG

Die Texte in diesem Band, geschrieben zwischen 1964 und 1976, erschienen zuerst in den Zeitschriften *Provincetown Review, City Lights Journal, Cosmos* und *The Unspeakable Visions of the Individual;* in den Underground-Zeitungen *East Village Other, Open City* und *Phoenix,* und in der Story-Sammlung *In the Bronx & Other Stories* (New York 1965).

Cover-Foto von Jack Micheline © by Ed Buryn.

Die übrigen Fotos, in dieser Reihenfolge:

J.M., Washington Square Park,
San Francisco 1974 © by Ed Buryn

J.M. und Bob Kaufman,
Washington Sq. Park, SF 1974 © by Ed Buryn

J.M. und Charles Mingus
Great American Music Hall,
San Francisco, April 1977 © by Bruce Polansky

J.M, San Francisco, 1976 © by James Mitchell

Herausgegeben und aus dem Amerikanischen
übersetzt von Carl Weissner.
Cover: Walter Hartmann

Deutsche Erstausgabe
März 1979

Druck: Kawan, Königsbrunn

ISBN 3-87512-039-6

INHALT

Jack Micheline, Jahrgang 1929, stammt aus dem New Yorker Stadtteil Bronx.
„Meine Vorfahren waren russisch-rumänische Juden und Zigeuner. In der Bronx brachte ich irgendwie die Grundschule hinter mich, seither lebe ich auf der Straße, anfangs noch gelegentlich unterbrochen von Jugendarrest und Gefängnis. Bin durch ganz Nord- und Mittelamerika getrampt, durch Europa und den Vorderen Orient, habe in Israel in einem Kibbuz gearbeitet und in den Staaten als Straßenfotograf, Landarbeiter, Pflastermaler, Theaterschauspieler, Lagerarbeiter in einer Textilfabrik, Straßensänger & -dichter, Anarchist, usw.
Fing so um 1954 an, meine eigene Art von Jazzpoetry zu machen und stand in New Yorker Jazzlokalen oft mit Charlie Mingus und seinen Leuten auf der Bühne. Mein erster Gedichtband, *River of Red Wine*, erschien 1958 in New York; Jack Kerouac schrieb ein Vorwort dazu. Den nächsten plus einen Band Stories brachte Kirby Congdon's Interim Press heraus (1965). Dann war zehn Jahre Pause. In den letzten zwei Jahren haben ein paar gute Freunde in San Francisco ein halbes Dutzend Gedichtbände von mir gedruckt.
1969 gab es wegen der Veröffentlichung meiner Story *Skinny Dynamite* in John Bryan's Zeitung *Open City* (Los Angeles) einen Pornographie-Prozeß. Charles Bukowski, Norman Mailer, Allen Ginsberg, Hubert Selby, Jerome Rothenberg, Don Peterson und Seymour Krim gaben Statements zu meiner Verteidigung ab. Es wurde mein erster Prozeß, der mit Freispruch endete.
Habe ein Theaterstück geschrieben, *East Bleecker*, das 1967 vom Theater LA MAMA in New York uraufgeführt wurde. Ich latsche durch die Straßen, führe Selbstgespräche, jeder hält mich für einen Irren, und Wossnessenski schreibt mir Ansichtskarten aus Moskau."

In der Bronx

Als Kind war ich scheu und verträumt. In der Schule sah ich immer aus dem Fenster, als sei dort draußen etwas Geheimnisvolles, das mich hinauszog in die Nacht. Ich war unruhig, wollte weg, etwas erleben.

Bei meiner Geburt, die mehr als zwei Monate zu früh kam, hatte ich kaum was gewogen. Vielleicht lag es daran, daß es mich immer umtrieb. Jedenfalls war es mit meiner Bodenhaftung nicht weit her.

Meine Mutter weinte ständig wegen irgendwas, aber sie hatte ein Herz aus Gold. Mein Vater dagegen war aufbrausend und verbittert. Die beiden waren wie Katze und Hund zueinander. Ich saß in meinem Zimmer und heulte, oder ich rannte raus und trieb mich in den Straßen herum, nur um von zuhause weg zu sein. Wenn ich am nächsten Morgen wieder zur Schule mußte, tat ich es mit hängendem Kopf und weichen Knien.

Wir wohnten in einer ärmlichen irischen Gegend in der Bronx. Dazwischen gab es nur ein paar vereinzelte Juden und Italiener. Die Mietshäuser klebten aneinander, einen einzigen langen Block lang. Auf der Straße ging es immer laut zu – die Gang an der Ecke, die Würfelspiele, die Stickball-Spiele, die Kartenspiele, die Schlägereien, die zornigen Stimmen der Armen, die kernigen irischen Dialoge in den Straßen der Bronx. Es war immer etwas los. Die Arbeiter kamen müde und gereizt nach Hause. Haß und Zorn brachen beim geringsten Anlaß aus ihnen heraus. Die Kneipen waren immer voll.

Als Jude wurde ich mit dem Haß schon in frühester Kindheit vertraut. Ich lernte kämpfen und wegrennen und beten. Vor meinem Fenster war ein leeres Grundstück. Das war mein einziger Spielplatz, den mir niemand streitig machte. Ich spielte darauf, machte ein kleines Lagerfeuer, briet Kartoffeln.

Im nächsten Block gab es eine Synagoge mit dem gelben Davidstern auf dem Dach. Meine Mutter war seit meiner Geburt sehr religiös. Mein Vater blieb so verbittert und zynisch wie er war. Er hatte beim Zusammenbruch von 1929 sein ganzes Geld verloren und glaubte an nichts mehr. Wir konnten von Glück sagen, daß er eine feste Anstellung bei der Post hatte. Jeden Tag die gleiche stumpfsinnige Routine. Er war ein verbitterter Mensch, und es kam sehr selten vor, daß er einmal lächelte.

Jedes Jahr an Ostern gingen wir zu meinem Onkel Leon zur Passah-Feier. Sie machten die Tür auf, damit der Engel rein konnte. Alle waren bester Stimmung, aber ein grimmiger Futterneid lag ständig in der Luft. Keiner gönnte dem anderen die Butter auf dem Brot. Mein Onkel Leon hatte eine gute Stimme. Er sang immer die Passah-Litanei.

Abie, der Sohn des Schuhmachers, war mein erster Freund. Sein Bruder saß im Knast, weil er ein junges Mädchen vergewaltigt hatte. Die ruppigen Jungs aus der Gegend hackten ständig auf ihm herum. Sie riefen ihn 'Ish Kabibble'. Das machte ihn jedesmal so wütend, daß er sich blindlings auf sie stürzte. Er warf sich mit seinem kurzen gedrungenen Körper mitten zwischen sie rein, seine Fäuste flogen nach allen Seiten, und er verfluchte sie als den Abschaum der Erde. In diesem Zustand konnten sie es nicht mit ihm aufnehmen. Sie flüchteten in sämtliche Himmelsrichtungen.

Einmal machten wir auf einem leeren Grundstück ein Baseball-Spiel, und nach einer Weile gab es Streit bei der Second Base. Ehe wirs uns versahen, flogen Blechbüchsen durch die Luft. Kids von den umliegenden Häuserblocks kamen dazu und der Kampf artete aus – Baseballschläger, Blechbüchsen, Flaschen, Steine. Schließlich mußten die Bullen der Schlägerei ein Ende machen. Ich hatte von einer rostigen Blechbüchse eine klaffende Wunde am Kopf und kam ins Krankenhaus. Am nächsten Tag lief ich mit einer langen Naht an der Schläfe herum.

Jeden Sonntag gab es ein großes Würfelspiel auf dem Schulhof. Auch das ging nie ohne Krach und Schlägerei ab.

Im Sommer stand hohes Unkraut auf den leeren Grundstücken. Die jüdischen Frauen saßen auf ihren Holztreppen und redeten und unterhielten sich über die Straße hinweg, und die irischen Frauen hockten in ihren Hauseingängen und tratschten.

„Oh Mrs. O'Hallahan, Ihre Tochter sieht aber heute wieder richtig niedlich aus", sagte Mrs. Murphy mit einem schmierigen Lächeln. „Ja", sagte die andere, „ist sie nicht ein bildhübsches Kind? Ich hoffe zu Gott, daß sie so anständig bleibt, wie sie ist. Die heilige Muttergottes wird auf sie aufpassen." Na, man kennt ja diesen verlogenen Scheißdreck.

Die Grundschule war nur einen halben Block entfernt. Als ich in der sechsten Klasse war, kriegten wir einen Neuen rein, einen großen kräftigen Kerl. Er bekam den Platz direkt neben mir. Er war viel älter und größer als die anderen Jungs in der Klasse. Er drehte sich zu mir um und eröffnete mir sofort, er komme aus einer ruppigen Gegend. Er zeigte auf die Narben in seinem Gesicht. Nigger habe er besonders auf der Latte, sagte er. Aber am schlimmsten seien die Juden, denen gehöre die ganze Welt. Ich sah ihm in die Augen und schrie ihn an, er sei eine verlogene Drecksau. „Ich *bin* Jude", sagte ich, „und mir gehört die Welt *nicht!*" Ich rannte aus dem Klassenzimmer und heulte.

„Diese verlogene Drecksau!", heulte ich, und ich rannte aus der Schule und verkroch mich irgendwo in einer Hausruine.

Die Trümmergrundstücke waren wie ein Traumland. Man konnte dasitzen und sich einbilden, man sei woanders. Es war schwer, mit der Welt zurecht zu kommen. Man stellte sich alles mögliche vor, aber die Realität war nicht so leicht zu schlucken. Zuhause gab es ständig Krach. Auf den Straßen gab es Krach. Sogar in der Synagoge kriegten sie sich in die Haare.

In der Schule gab es ein Garderobezimmer, wo wir unsere Mäntel aufhängen mußten. Es war dunkel da drin. Johnny war ein gutaussehender Junge; sämtliche Girls flogen auf ihn. Er langte ihnen immer unters Kleid, und sie kicherten und tuschelten miteinander. Manchmal verabredete man sich und traf sich nachts auf den leeren Grundstücken. Die Jungs brachten gelegentlich Aktfotos mit und zeigten sie in der Klasse herum. Das Leben war voller Geheimnisse.

Ich blieb von Anfang an für mich. In einer Menge kam ich mir nur noch verlorener vor. Ich ging bei Nacht durch die Straßen und sah zu den hell erleuchteten Fenstern der Mietskasernen hinauf. Ich ging in den Bronx Park, der eine Meile entfernt war, setzte mich hin und hörte dem Wasserfall des Bronx River zu. Es war still und menschenleer. Man konnte dasitzen und allein sein mit seinen Gedanken.

Die Leute in der Bronx, die unsere Phantasie besonders beflügelten, waren Nutten und Schläger. Sie galten etwas, über sie redete man. Sie machten, was ihnen gerade paßte. Besonders Nutten. Nutten waren Girls, die die Beine breitmachten, weil es ihnen Spaß machte. Man stand an den Ecken herum und redete über sie, riß schweinische Witze über sie.

Als ich zwölf war, bauten wir uns eine kleine Hütte auf dem leeren Grundstück neben dem Haus, hinten bei dem großen Ahornbaum. An einem Nachmittag, nach der Schule, ging ich mit Josephine hin. Sie hatte mir in der Schule schon öfter Augen gemacht, und manchmal hatte sie mir verstohlen die Hand gedrückt. Sie war scharf auf mich.

Es war dunkel in der Hütte. Josephine zog ihren Rock hoch, streifte sich den Schlüpfer runter und kicherte. Ich hatte mehr Angst davor als sie. Sie knöpfte mir den Hosenlatz auf und spielte an meinem Ding herum. Ich streichelte mit zitternden Händen ihre Schenkel. Sie begann mir geile Sachen ins Ohr zu flüstern. Ich war nervös und ängstlich; meine Mutter hatte immer gesagt, es sei Sünde, sowas zu machen. Ich küßte Josephine auf den Mund, wühlte mich in den Ausschnitt ihrer Bluse, zwischen ihre Brüste rein.

Plötzlich kam etwas über mich. Ich erstarrte. Dann stolperte ich aus der Hütte – die Hosen hingen mir unten um die Knöchel herum –, und hinter mir hörte ich Josephine schallend lachen. Ich schämte mich, daß ich gekniffen hatte, aber Sex war für mich einfach noch etwas Unheimliches.

Ich wurde immer unruhiger und nervöser und unsicherer. Und ich wurde so empfindlich wie ein Stachelschwein.

Jeden Nachmittag ging ich in die Synagoge zum Religionsunterricht und meinen Hebräisch-Stunden. Meine Mutter wollte es so; wahrscheinlich gab es ihr ein frommes Gefühl. Ich machte die Tretmühle nur mit, um ihr einen Gefallen zu tun. Der Rabbi kassierte von jedem Kind einen Dollar fünfzig pro Woche. Er war einer aus der alten Schule; es war schwer, mit ihm auszukommen. Wir latschten hin, unsere Hebräisch-Bücher unterm Arm, und es gab Zeiten, da mußte ich mir den Weg nach Hause buchstäblich erkämpfen. Jude zu sein, war kein leichtes Leben.

In der Nähe war ein katholisches Fürsorgeheim, dort nahm mich mein Vater öfter mit hin und wir sahen uns die Ballspiele an. Sie hatten eine Menge Bäume mit Eichhörnchen drauf. Ich fütterte die Eichhörnchen immer mit Erdnüssen. Das ging aber nur, wenn ich allein war. Mein Alter hätte es nicht geduldet. Ich saß unter den Bäumen und träumte vor mich hin.

Mein Bruder Eddy fand einen kleinen herrenlosen Hund auf der Straße und brachte ihn mit nach Hause. Wir nannten ihn Snooky. Ein niedlicher kleiner Kerl, verspielt und anhänglich. Es war schön, ihn im Haus zu haben. Eines Tages kam ich von der Schule zurück, und Snooky war nirgends zu sehen. Ich suchte verzweifelt die ganze Wohnung nach ihm ab. Ich schrie und heulte und trat um mich. Plötzlich hörte ich ein Kratzen in der Besenkammer. Ich riß die Tür auf, und im nächsten Augenblick sprang Snooky an mir hoch. Ich war überglücklich, daß ich ihn wiedergefunden hatte.

Meine Mutter war der Ansicht, für einen Hund sei die Stadt nicht das Richtige. Sie gab ihn unserem Hauswart, der ihn zu seinem Bruder aufs Land brachte. Meine Mutter sagte mir nichts davon. Vielleicht brachte sie es nicht fertig. Sie schrieb stattdessen meiner Lehrerin einen Brief, und die sagte es mir. Ich war restlos verstört und lief anschließend stundenlang durch die Gegend.

Von allen Seiten wollte man mich kneten und mich beknien und mir einreden, was ich zu tun und zu denken hatte, was gut oder schlecht war, was man glauben sollte und was nicht. Ich hatte meinen eigenen Willen, und mit der Zeit kamen mir immer mehr Zweifel. Ich lief und lief durch die Straßen, ohne zu wissen warum, und alles machte mir Angst.

Ich wußte nicht, was gut oder schlecht war. Ich kannte nicht einmal meine Mutter, meinen Bruder oder meinen Vater. Niemand schien echt zu sein. Es sah so aus, als spielten sie alle nur eine Rolle in einem Stück, das ich nicht verstand. Das Leben war ein einziges Rätsel.

Bei Marsha, der Nutte von gegenüber, wußte man wenigstens, woran man war. Die *war* echt. Boys aus der ganzen Bronx kamen an und schrien zu ihr hoch. Ihr Vater war Vertreter für irgendwas, ständig unterwegs, und ihre Mutter hatte noch ein paar alte Kunden, bei denen sie heimlich anschaffen ging.

Naja, Scheiße. Ich *lebte,* und das war das Wichtigste. Wenn man seine fünf Sinne beisammenhielt und sich nicht zum Stromlinienspießer trimmen ließ, dann war noch nicht alles zu spät. Und beim Schlittenfahren auf Schutthalden und im Park an eiskalten Winterabenden konnte man mit einiger Phantasie sowas wie den Ruf der Wildnis hören, einen Hauch von Freiheit spüren. Nicht viel, aber besser als gar nichts.

Eines Nachmittags beschloß ich, auf den Spielplatz zu gehen, etwa fünf Blocks weiter. Es gab einen abenteuerlichen Schleichweg dahin, durch schmale hohe Gassen, Hinterhöfe und Abbruchhäuser. Als ich hinkam, wurde es schon dunkel. Es gab einige Schaukeln, und ich setzte mich auf eine, die wir zur Überschlagschaukel umgebaut hatten, und ich war gerade in voller Fahrt, als ich merkte, daß sich jemand auf die Schaukel nebenan gesetzt hatte. Es war Lucy, die Freundin von King. Sie war groß und dunkelhaarig und ein wildes Luder. Sie schaukelte, und im Luftzug flog jedesmal ihr Kleid hoch, und ich sah daß sie darunter nichts anhatte. Ich wurde heiß.

Sie sah nicht besonders gut aus, aber sie hatte Temperament. Sie sah mich an und sagte: „Komm, wir gehn in den Bronx Park.“ Ich nahm sie an der Hand und wir gingen durch den kühlen Abend. Ich war aufgeregt, aber ich schwor mir, daß ich diesmal keinen Mist bauen würde.

Im Park rannten wir irgendwo in die Büsche, ich riß sie an mich und küßte sie auf den Mund. Sie machte sich los und rannte lachend weg. Die dämliche Zicke tut so, als ob sie sich ziert, dachte ich. Paß nur auf, du bescheuerte Fickliese. Keuchend holte ich sie ein, und ich hatte gerade die Hand unter ihrem Kleid, da sagte sie: „Dich will ich nicht. Du bist 'n dreckiger Yid, und ich bin King's Girl, und ich sags ihm, daß du versucht hast, mich zu vergewaltigen!" Ihr Gesicht war eine gemeine häßliche Fratze geworden. Ich holte aus und schlug ihr eine in die Fresse. „Du miese Zicke", sagte ich. „Du miese verschissene Zicke."

Sie rannte davon, quer durch den Park, und ich setzte mich unter einen Baum und machte mir Vorwürfe, daß ich auf sie hereingefallen war. „Dieses elende Luder", sagte ich, „dieses gottverdammte Luder." Die riesigen Mietskasernen rings um den Park schienen sich dichter zusammen zu schieben, als wollten sie den Park unter sich begraben. Ich saß da und dachte darüber nach, wie lausig das Leben doch manchmal sein konnte. „Dieses elende Luder", murmelte ich vor mich hin und machte mich auf den Weg nach Hause.

Am nächsten Tag, auf meinem Schleichweg zum Spielplatz, paßte mich King auf einem leeren Grundstück ab. Er hatte vier Typen dabei. King war ein hochgewachsener Kerl mit einem Quadratschädel, und er konnte einigen Stunk machen – wenn er nicht allein war, meine ich. Ich bückte mich und hob ein Stück Eisenrohr auf.

„Der Yid da hat versucht, mein Girl zu vergewaltigen!", schrie King, und seine haßerfüllten Augen quollen ihm aus dem Schädel.

Weglaufen hatte keinen Sinn. Sie hatten mich in der Falle. Ich holte mit dem Eisenrohr aus, und es ging knapp an King's Kopf vorbei. Ich kriegte einen Stein von der Seite in den Mund, und meine Lippen platzten auf. Ehe ich wußte, wie mir geschah, hatten sie mich bereits am Boden. Einer trat mir seinen Stiefelabsatz ins Maul. Ich biß ihn ins Bein. Der Typ brüllte vor Schmerz. Dann kriegte ich eine Faust ins Gesicht. Ich versuchte hochzukommen, aber es ging nicht.

„Er hat mein Girl vergewaltigen wollen!“, schrie King. „Der verschissene Yid! Der Bastard! Er hat mein Girl vergewaltigen wollen!“

Sie kickten und prügelten auf mir herum, bis sie Muskelkater hatten. Ich lag im Dreck und blutete von Kopf bis Fuß. Sie verschwanden, und ich lag da bis es dunkel wurde. Mein Kopf dröhnte vor Schmerzen. Mühsam rappelte ich mich hoch und wankte nach Hause. Meine Mutter stand vor der Haustür.

„Was ist denn mit dir passiert?“, schrie sie. „Was ist denn passiert?“

„Siehst du doch“, sagte ich. „Sie haben mich verdroschen. Ich komm schon wieder klar. Bloß ne Schlägerei.“

Sie verband mir die Wunden, und dann schloß ich mich in meinem Zimmer ein und heulte. Der ganze Jammer brach aus mir heraus, der Frust, die Wut, das Elend. Es war schon ein verfluchtes Leben. Irgendwo mußte es doch einen Ort geben, der nicht die Hölle war, wo einem die Angst nicht den Hals zudrückte, wo man sich nicht in seinem eigenen jämmerlichen Fleisch verkriechen mußte und nur noch fluchen konnte auf diese elende Welt.

Die Segnungen der Zivilisation

Ich stand vor dem Bagel Shop in San Francisco. Der Laden war voll. Er war Anlaufstelle für Aussteiger aus dem ganzen Land. Manche waren nach San Francisco gekommen, um schließlich als Selbstmörder zu enden; die anderen ließen sich treiben, verschwanden im Gewühl und wußten am Ende selbst nicht mehr, ob sie noch lebten oder schon tot waren.

Die Nacht war kühl, eine stetige Brise wehte von der Bucht herein. Ich verspürte einen Druck auf der Blase, schiffte an die Hauswand und sah zu den Sternen hoch. Im nächsten Augenblick nahm mich ein Cop von hinten in den Polizeigriff. Er signalisierte einem Streifenwagen, der an der Ecke parkte.

Die Cops hatten ernste starre Gesichter. Sie filzten mich und verfrachteten mich ins Auto. Langsam fuhren sie mit mir nach downtown. Ein Protokoll wurde aufgesetzt. 'Unsittliche Entblößung und Zurschaustellung der Geschlechtsteile in der Öffentlichkeit'. Weiß Gott. Einmal an die Wand geschifft und prompt wegen Exhibitionismus dran.

Unter Bewachung gings zum Fahrstuhl und nach oben, wo man mir die Fingerabdrücke abnahm. Der Inhalt meiner Taschen wurde in Verwahrung genommen. Dann warfen sie mich zu den Säufern in die Ausnüchterungszelle.

Es war eine große Zelle. Alles aus Beton. Sie lagen auf dem Boden herum. Ringsum nichts als Gestöhne, Geröchel und Geschrei. Ich legte mich auf den Boden und versuchte zu schlafen. Es war zwecklos.

Nach einer endlosen Nacht hörte ich endlich Schritte draußen auf dem Gang. Sie holten uns aus der Zelle, wir mußten uns nebeneinander aufstellen, sie riefen unsere Namen auf und hakten sie auf ihrer Liste ab. Wir waren alle ziemlich jung, keiner älter als Anfang 20. Sie riefen meinen Namen auf, und mit ungefähr zehn anderen gings zur Vorführung. Sie stellten uns vor eine weiße Wand mit schwarzen Markierungen, an denen man die Körpergröße ablesen konnte. Der Captain ließ jeden einzeln vortreten und las ihm vor, was er in seiner Akte stehen hatte.

In der ersten Reihe saßen die Bullen, die uns verhaftet hatten, in frisch gebügelten Uniformen und weißen Hemden. Ihre Gesichter wirkten versteinert und hatten einen selbstgefälligen Ausdruck. Sie warteten, wie jeden Morgen, auf ihre billige Show. Sie waren entschlossen, sich zu amüsieren.

Mein Name wurde aufgerufen, und als ich den Schritt nach vorn machte und in den Lichtkegel des Scheinwerfers trat, schien der letzte Rest von Menschenwürde von mir abzufallen.

'Ecke Grant und Green uriniert und auf frischer Tat ertappt. Unsittliche Entblößung auf einer öffentlichen Straße.'

Die Bullen lachten. Ihre Augen quollen heraus. „Noch so ne Scheiß-Schwuchtel!“, brüllte einer. Mit letzter Kraft brüllte ich zurück, sie seien eine Bande von tierischen Motherfuckern.

Sie prügelten mich den Gang runter und ich kam in eine Zelle, etwa 2,40 lang und 1,20 breit. Es waren bereits acht Männer in der Zelle. Kein Waschbecken. In der Ecke eine stinkende Toilette. Vier Pritschen, je zwei übereinander, ohne Matratzen und Decken.

Wir saßen herum und erzählten Geschichten. Wir saßen alle im gleichen Boot. Wir waren alle unschuldig.

Zwei waren da, weil sie keine Alimente gezahlt hatten. Zwei junge Neger waren mitten in der Nacht an einer Haltestelle verhaftet worden, wo sie auf den Bus warteten. Anklage wegen Landstreicherei.

Am Nachmittag gabs für jeden einen Teller Bohnensuppe und zwei Scheiben Brot. Die Jungs in der Zelle waren schon seit einiger Zeit drin, sie waren relaxed, behielten den Kopf oben und vertrieben sich die Zeit mit Geschichten und saftigen Witzen.

Ein älterer Typ, verheiratet, kam aus einer Kleinstadt in Oklahoma und berichtete Einzelheiten aus seinem Sexleben. Er behauptete, er habe sämtliche Weiber in der ganzen Stadt durchgefickt. Er kam richtig in Fahrt, während er von seinen Eroberungen erzählte. Sogar Frau und Tochter des Pfarrers hätten sich im Bett als recht brauchbar erwiesen.

Dann legte plötzlich O'Shaughnessy los: „Schampus! Schampus! Schampus für alle!“ Zwei Schließer kamen und schleppten ihn weg. Er schrie weiter. „Schampus für alle! Schampus! Schampus für alle!“ Das war das letzte, was wir von O'Shaughnessy sahen oder hörten.

Es war kalt in der kleinen Zelle, und wir hockten dicht zusammengedrängt da. Wir teilten unsere letzten Zigaretten. Das bißchen Essen reichte gerade, um einem das Gefühl zu geben, daß man noch am Leben war.

In zwei Schichten, jeweils 4 Mann, legten wir uns abwechselnd auf den Pritschen lang. Draußen kamen einige vorbei, die Kaution stellen konnten und rausgeführt wurden. Wir waren alle pleite. In zwei Tagen würde ich vor den Richter kommen.

Die Männer in der Zelle hatten Humor, und das machte die Situation halbwegs erträglich. Nebenan hatten sie zwei ganz junge Burschen, die gelegentlich ein bißchen jammerten. Die saßen sicher zum erstenmal hinter Gittern.

Spät in der Nacht hörte ich einen Schwarzen in einer Zelle am anderen Ende des Korridors den Blues singen. Es war ein Blues, wie ich ihn so noch nie gehört hatte. Er kam direkt aus dem Schmerz und dem Leiden eines Menschen. Es wurde einem warm ums Herz, wenn man ihm zuhörte.

In der Zelle wimmelte es von Läusen, und ich kratzte mich, bis ich Löcher in der Hose hatte. Es gab einen Fußbodenbelag aus irgendeinem undefinierbaren Material. Sah aus wie eine große Fußmatte aus Kunstleder. Fatty Arbuckle hatte das Ding wohl vor 25 Jahren gestiftet. Ich versuchte zu schlafen, so gut es ging. Der Neger sang seinen Blues, und die schwarze Nacht hing über der Bucht von San Francisco.

Es kam der Morgen, an dem ich zusammen mit fünfzig anderen dem Richter vorgeführt wurde. Die Anklagen wurden verlesen, die Namen aufgerufen. Das Gericht hatte einen Pflichtverteidiger für uns bestellt, der nie das Maul aufmachte.

Mein Name wurde aufgerufen, ich trat vor, und der Richter hörte sich an, was mir vorgeworfen wurde. Ecke Grant und Green an die Wand gepißt. Der Richter, ein katholischer Ire und sehr selbstgerecht, war schockiert. Er fragte den Bullen, der mich verhaftet hatte, ob ich es in besoffenem Zustand getan hätte. „Nein, Euer Ehren", sagte der Bulle.

Ich versuchte dem Richter zu erklären, daß ein dringendes Bedürfnis manchmal nicht warten kann, bis man sich entsprechende Paragraphen vergegenwärtigt hat, und daß der Drang und seine Erleichterung in einem natürlichen Bezug zu Geist und Seele freier Menschen stehe. Er wollte davon nichts hören. Sein Gesicht lief rot an.

„Sie schämen sich nicht, in aller Öffentlichkeit ein derart schändliches Verhalten an den Tag zu legen?", brüllte er. „Vor den Augen von Frauen und Kindern! Der Angeklagte wird ins Landeskrankenhaus überstellt und auf seinen Geisteszustand untersucht."

Und damit wieder zurück in die Zelle.

Zwei Stunden später kamen sie an und holten mich raus und brachten mich in einer Grünen Minna ins Landeskrankenhaus. Der Arzt, dem ich meine Geschichte erzählte, war einigermaßen verblüfft. Er fragte mich, wo ich im Augenblick am liebsten wäre. Ich zeigte aus dem Fenster und sagte: „Am liebsten würde ich jetzt da draußen mit einem Girl im Gras sitzen." Der Arzt erklärte, ich sei restlos normal, und man solle ihm lieber mal diesen Richter vorbeischicken; der habe es offenbar bitter nötig, auf seinen Geisteszustand untersucht zu werden.

Zurück in die Zelle, zu den Stimmen, dem kargen Fraß, den traurigen Geschichten und dreckigen Witzen. Ich hatte ein langes Wochenende vor mir. Die Zeit wollte und wollte nicht vergehen.

Da draußen, rings um die Bucht, lebten drei Millionen Menschen. Ihre Träume und Schreie verhallten in der Nacht. Da draußen, jenseits der Bay, jenseits des Ozeans ... da killten sie und schlachteten einander ab, im Namen von Gesetz und Moral oder sonstwas. Mit Armeen. Und dazwischen spielten und träumten ihre Kinder, sangen und tanzten, lachten und schrien. Autos fuhren über die Highways, die Nächte kamen und gingen, manche starben, und neue wurden geboren.

Und hier im Beton schleppte sich der Uhrzeiger zäh und unendlich langsam im Kreis, die Ausnüchterungszellen leerten sich und füllten sich und leerten sich wieder. Die Schwarzen sangen ihren Blues. Ihren Blues, der ihr Leben war, ihr Leiden, ihr Blut:

Blue Train coming Five O'Clock
Blue Train got lost behind the rock
Blue Train
Blue Train
Gonna ride that train and won't come back
Gonna get on board at Six O'Clock
Blue Train
Blue Train
Gonna ride that train
and won't come back
Blue Train
Blue Train
Gonna ride that train
and ain't coming back
Blue Train
Blue Train
Gonna take my dreams and get on board
Gonna get on board at Six O'Clock
Gone for a ride and I ain't coming back
Blue train coming Five O'Clock
Blue Train
Blue Train

Die Läuse krochen auf uns herum, und die Zeit schien stillzustehen. Jeden Morgen wurden die Zellen mit dem Wasserschlauch durchgespritzt, aber die Läuse blieben da, und mein ganzer Körper juckte und stank.

Morgens konnten wir im Korridor sitzen, und wer noch Tabak hatte, drehte Zigaretten und reichte sie herum. Big Buck, der große Schwarze aus der letzten Zelle, war unser Frisör. Für 25 Cents verpaßte er jedem, der Geld und Bock hatte, einen Haarschnitt.

Dann kam ich, zusammen mit ein paar anderen, erneut vor den Richter. Er hatte den Bericht des Psychiaters erhalten. Ich war nicht mehr gut in Schuß, ich hatte Husten und Fieber nach all den Tagen in dieser kalten Zelle. Und meine Hose hatte Löcher. Die beiden Bullen, die mich zur Verhandlung brachten, unterhielten sich darüber, wie sie einen Schwarzen fertig gemacht hatten. Ihre Gesichter waren haßverzerrt.

Als ich aufgerufen wurde, schluckte ich meinen Stolz runter. Ich hatte die Sache langsam satt. Ich sagte, es tue mir leid, daß ich an die Wand geschifft hatte. Die Leute im Zuschauerraum lachten. Der Richter gab mir zehn Tage auf Bewährung. Ich winkte meinen Freunden aus dem Knast zum Abschied und ging raus. Ich war wieder so frei, wie sie einen sein ließen.

In der warmen Sonne ging ich durch die Straßen, meiner gemieteten Bude in der Montgomery Street entgegen. Ich hatte weiche Knie, und ich stank nach wie vor am ganzen Körper. Ich dachte zurück an die Gesichter, die Schreie, das traurige verzweifelte Gelächter. Die endlosen Witze, das Geheul aus den Ausnüchterungszellen, das Scheppern der Eisentüren, die Gitterstäbe im Beton, und die Träume und Alpträume der Eingeschlossenen.

Vor dem Haus traf ich meinen Freund Jimmy, und er fragte mich, wo ich denn so lange gewesen sei.

„Mal kurz an die Wand geschifft", sagte ich, „und dann so 'n bißchen die Segnungen der Zivilisation genossen."

Hinter dem Bahndamm in Yucatan

Ich war in einer merkwürdig gespenstischen Stadt gelandet, eine verirrte einsame verdammte Seele in einer geheimnisvollen Metropolis mitten in einer Wüste. Es war Nachmittag, entsetzlich heiß in der prallen Sonne, und ich sprang hinten auf einen Eselskarren auf und sagte dem Mann, er solle mich zu den Girls bringen. Der Maulesel trottete über das Kopfsteinpflaster, mir lief der Schweiß herunter, die Häuser zu beiden Seiten wurden kleiner, dann waren es nur noch wackelige Bretterhütten, in denen der Gekreuzigte an der Wand hing und gequält dreinsah.

Wir kamen über die Eisenbahngleise, und dann hielt der Mann und ich stieg ab. Eine lange ungepflasterte Straße, die Straße der Huren und Kneipen und Aussätzigen und Verdammten. Ich ging die Straße lang, aus den Kneipen und Bruchbuden schepperte die Musik, ich war ein verirrter Tramp, ein Vagabund, ein Penner der die Sterne anspuckte, ich war mein Leben lang gerannt, hatte gefickt geflucht geschrieben und gelebt wie auf der Flucht, hatte ein Dichter sein wollen, der ihnen die Wahrheit entgegenschleudert, und jetzt war ich ein heiserer verstaubter Schreihals in der Wüste und brauchte dringend ein Bier.

Am Ende der Straße ging ich in eine Kneipe, die mir gleich bekannt vorkam – sie war so öde und nichtssagend wie die Elendskneipen von der Bowery, die ich einmal frequentiert hatte. Der Barkeeper war kahl und hatte ein gieriges Glitzern in den Augen.

In einer Ecke sah ich eine dickliche Blondine sitzen. Links hinten hockten drei Männer an einem Tisch und starrten dumpf und gottergeben vor sich hin. Ein einsamer Neger saß an der Bar und trank ein Bier. Die Frau des Barkeepers war schwanger; sie stand hinter ihm und langte ihm zwischen die Beine. Er drehte sich um, knallte ihr eine und fluchte was auf Spanisch.

Weiter hinten hing eine schwarzhaarige Indianerin über den Tresen und murmelte vor sich hin. Sie hatte schon ziemlich Schlagseite. Sie hatte ein Gesicht, wie ich es schon oft gesehen hatte, seit meiner Kindheit; es erinnerte mich an die Gesichter unten am Fluß, in den Hinterhöfen, vor den verkohlten Trümmern von Abbruchhäusern, die in Winternächten abbrannten. Die Gesichter der Geschlagenen. Gesichter, die zuviel durchgemacht hatten, um noch etwas zu verbergen; sie hatten es alles gesehen und durchlebt und waren erledigt und wollten nur noch raus. Ich kannte dieses Gesicht, und ich kam mir vor wie zuhause. Ich war vorher schon hier gewesen. Schon oft.

Die Schwarzhaarige – 'Animal' nannten sie die anderen – kam zu mir her und langte mir an die Eier. Ich schob sie weg. Ich interessierte mich für die Blondine, und Animal wußte es. Ich bestellte mir ein Bier, trank es hastig herunter und bestellte mir noch eins. Ich war einsam, ich war verbiestert, und ich war geil.

Animal kam wieder angewankt, drängte sich an mich, steckte mir ihre Hand zwischen die Schenkel.

„No", sagte ich.

Die anderen lachten. Der Barkeeper jagte das Girl weg. Ich

sagte ihm, er solle der Blonden einen Drink geben. Ich ließ gleich noch zehn Pesos für die nächste Runde auf der Bar, ging zu ihr hinüber und lächelte sie an. Ich erklärte ihr in meinem gebrochenen Spanisch, ich sei ein Vagabund, und ich wolle sie ficken. Sie nahm meine Hand und rieb sie an ihrem Schenkel entlang. „Fünfzehn Pesos", sagte sie.

Wir tranken unsere Gläser aus, gingen nach draußen und gleich nebenan in eine Hütte. Es war eigentlich nur so ein Verschlag aus ein paar Brettern. Wir zogen uns hastig aus und brachten es, zwei einsame Seelen in der Hitze des Nachmittags. Ich war unsäglich spitz. Es war ein trauriger verzweifelter besinnungsloser Fick. Es kam mir zwei- oder dreimal hintereinander. Wir lagen da und schnappten nach Luft. Sie hieß Edie. Wir kitzelten einander, lachten, machten es noch einmal, aber die Hitze war zu groß, und nach einer Weile ließen wir es sein.

Wir gingen zurück in die Kneipe, und ich bestellte Drinks für alle und warf die Jukebox an. Die Klänge des Bolero dröhnten aus dem Lautsprecher. Ich fühlte mich gut. Ich war high wie nur was.

Aus der Jukebox kam jetzt der Tanz der Toros. Die Musik röhrte hinaus in die flimmernde Hitze, den Staub der Straße. Ich begann zu tanzen, ich riß die Arme hoch und klatschte in die Hände. Irgendein Besoffener warf der Schwarzhaarigen eine Handvoll Sägemehl ins Gesicht. Ich tunkte meine Hand in das nächste Bierglas und wischte ihr damit das Gesicht ab. Und diese jammervolle geschundene Kreatur, diese gottverlassene Hure aus dem Dschungel sah mich an und hatte einen Blick in den Augen, den ich nie vergessen werde. Ihre rot entzündeten Augen, ihr vernarbtes Gesicht, alles an ihr sagte mir Dank für diese simple Geste, als sei es das erste Mal in ihrem Leben.

Ich tanzte weiter, meine Füße bewegten sich wie von selbst, ich wirbelte im Kreis, ich spürte nicht mehr die Erde unter mir, als sei ich in den Wolken, in einer anderen Welt. In einer Stierkampf-Arena in Mexico City. Oder in Spanien, in Malaga. Ringsum klatschten sie jetzt im Takt der Musik. Alles war aufgesprungen und tanzte durch die Kneipe. Ich riß die Arme hoch, als hätte ich Banderillos in der Hand, und als die Fanfaren des Finales ertönten, sank ich auf die Knie, die geballten Fäuste über dem Kopf, und dann rammte ich die imaginären Banderillos vor mir in die Erde, in die Dunkelheit, in das Herz des Todes.

Jetzt gerieten sie völlig außer sich. „Mas, mas!", schrien sie. Alles lachte und schrie durcheinander. Der Barkeeper schenkte kostenlose Drinks aus. Eine Menschenmenge hatte sich vor der Kneipe versammelt. Ich war umnebelt, wie von Sinnen. Die Musik fing wieder von vorne an, der Tanz der Toros, und ich tanzte weiter, noch wilder, noch verrückter als zuvor. Ich war naß vor Schweiß, aber ich spürte die Hitze längst nicht mehr. Die heilige Hure aus dem Urwald wälzte sich hysterisch im Sägemehl. Ich wirbelte durch die Gegend, ich wußte nicht mehr, wo ich war. Ich klatschte in die Hände, die Trompeten knallten rein, ihr metallener Sound schwoll an zum Finale, ich fuchtelte mit geballten Fäusten, schwenkte die Banderillos, raste aus der Kneipe, die Leute sprangen zur Seite, ich fiel auf die Knie, stieß die Banderillos in das dröhnende Herz der Nacht, in die schwarze Fratze des Todes ...

Applaus zerriß die brütende Nachmittagshitze. Zerlumpte Kinder wirbelten durch den Staub der Straße wie rasende Derwische. Edie lächelte. Die Schwarzhaarige lächelte.

Ich rappelte mich hoch, rannte die Straße hinunter, der Sonne entgegen, geblendet, überwältigt, pfeilgerade wie ein Bussard im freien Fall. Ich wußte, daß ich mich richtig entschieden hatte, von Anfang an, daß mein Leben etwas bedeutete, meine Quälerei nicht umsonst war – mein Wahnsinn war so gut und richtig wie der Wahnsinn der Sonne, wie der von Lorca und Rimbaud und Machado; meine Rumtreiberei, meine freiwillige Armut, mein Aufbegehren, alles hatte einen Sinn, alles war wahrhaftig, ich war frei, ich hatte das Licht in mir, den Brand, die Besessenheit, den Tanz der Befreiung, das Licht der Trompeten, das Licht das die Sterbenden und die Toten erzittern und auffliegen ließ, und dieses Licht war mein Leben, meine Gabe, mein Fluch und meine Welt.

Ich rannte, und Edie und Animal rannten hinter mir, die Straße hinunter, schreiend, lachend, in die Sonne hinein.

Nigger

Sie nannten ihn Nigger. Das war sein Name, und den behielt er. Seine Familie war die einzige Negerfamilie in unserem Teil der Bronx. Sein Alter war ein Cop. Ein großer starker breitschultriger Mann. Er ging Streife in Harlem. Dort hatte er den Spitznamen 'Forty Winks'. Die Familie ging regelmäßig in die St. Anthony's Catholic Church. Nigger ging nicht mit. Er blieb für sich, und er war immer allein; sie ließen es nicht zu, daß er sich einer Gang anschloß. Aber Nigger lächelte nur in sich hinein. Er war kurz und gedrungen und hatte Muskeln wie ein Stier. Er war ein großer Football-Spieler, er war der Spitzenathlet in der ganzen Gegend.

Mary Sean war in Nigger vernarrt. Sie traf sich immer mit ihm nach dem Dunkelwerden. Er fickte sie, und man hörte ihr wildes Lachen bis zur nächsten Ecke, während er es ihr besorgte. Aber Nigger war schwermütig und verschlossen. Glücklich war er nur, wenn er sich mit dem Ball über die Torlinie warf oder einen gegnerischen Halfback in Grund und Boden rannte. Er war smart in der Schule; in der All-Hallows Highschool war er immer guter Durchschnitt.

Die Gleise der New Haven Railroad führten direkt hinter dem Football-Feld vorbei. Nigger saß oft auf einem großen Felsbrocken und sah den Güterzügen zu. Die Namen auf den Waggons erregten ihn — Leigh Valley, Appalachian, Rock Mountain, Wichita Express, Missouri Valley, Three Cities, Shenandoah. Die Gleise reichten bis zum Horizont, und die Waggons rollten endlos dahin. Nigger zählte die Waggons und fragte sich, ob er eines Tages in ihnen durchs Land fahren würde.

Mary Sean hatte braunes Haar, sie war hochgewachsen und hatte ein wildes Temperament. Nigger träumte davon, daß er eines Tages eine Blondine haben würde. Nigger träumte ständig von Blondinen.

Als er zum erstenmal Harlem entdeckte, war es ein großes Erlebnis für ihn. Harlem war eine eigene Welt, anders als alles, was er bis dahin gesehen hatte, anders als die verödete Backsteinwüste der Bronx. Nigger erkundete die Straßen, ging die Lenox Avenue auf und ab. Er hatte noch nie so viele Menschen auf einem Haufen gesehen, so bunt durcheinandergewürfelt in sämtlichen Schattierungen, Straßenhändler, Zuhälter, elegante Ganoven, alles vibrierte vor Leben. Männer standen auf Kisten und schwangen Reden, junge Mädchen lächelten ihn an, Würfelspiele in Seitenstraßen und Gassen, und ein wilder Slang pulsierte durch die Straßen. Aber dann fand er heraus, daß Harlem auch eine harte Gegend war. 'Nigger' war ein übles Schimpfwort. Das traf ihn schwer. Sein ganzes Leben war er mit diesem Namen herumgelaufen. Arm zu sein, war schon hart genug. Aber dazu noch ein Nigger zu sein, war doppelt hart.

Manchmal, wenn seine Eltern in der Kirche waren, ging er nach Harlem zu einer schwarzen Nutte, die es ihm für fünf Dollar machte. Aber er fühlte sich immer elend danach. Es machte keinen Spaß. Er saß lieber an den Gleisen und sah den Güterzügen nach.

In der Highschool gehörte Nigger zu den Stars des Football-Teams. Vor einer Woche hatten sie gegen die Mannschaft von Holy Cross gespielt. Es war ein hartes Spiel gewesen. Nigger hatte es in letzter Minute für sein Team entschieden, kurz vor der 1-Yard-Linie. Mit einem vollen Bodycheck gegen Johnny Pollack, den Star von Holy Cross. Pollack war stocksauer. Er schrie mit dem Schiedsrichter herum. Er schwor, er werde sich an Nigger rächen. Nach dem Spiel hatte man Nigger unter dem Jubel der Menge auf Schultern vom Platz getragen. All-Hallows hatte gesiegt, und Nigger war King.

Jetzt saß Nigger wieder auf seinem Felsbrocken, die Sonne brannte herunter, die Güterzüge ratterten vorbei. Nigger fühlte sich gut. Er wünschte sich, er hätte Mary neben sich. Da sah er sie. Vier Typen von Holy Cross, Johnny Pollack vorneweg. Das schwarze Kreuz auf ihren Jacken phosphoreszierte in der Sonne.

„Jetzt bist du dran, Nigger-Bastard!", schrie Pollack.

Nigger sprang von seinem Felsbrocken herunter, und der Fight begann. Er drosch Pollack die Faust aufs Ohr, und Pollack ging zu Boden. Einer schlug ihn mit verschränkten Händen ins Genick, Nigger schüttelte den Schlag ab, er rannte ihnen den Kopf in den Bauch, er boxte, er biß um sich, sein Blut kochte, Adrenalin schoß ihm in den Kopf; für jeden Schlag, den er austeilte, steckte er drei ein, aber er legte sie flach, einen nach dem anderen. Sie lagen um ihn herum, blutend und verdreckt. Nigger machte sich auf den

Heimweg, blutig geschlagen, sämtliche Knochen taten ihm weh, aber er hatte sich behauptet, er war high. Nigger war ein Fighter, und er war wieder einmal King.

Nigger schaffte den Abschluß an seiner Highschool. Sein Alter, Forty Winks, kam bei einer Schießerei in Harlem ums Leben. Auch sonst hatte sich jetzt vieles geändert. Es gab für Nigger keine Football-Spiele mehr, keinen Jubel mehr von den Rängen. Es war schwer, einen Job zu bekommen. Schließlich landete er einen: in einer Textilfabrik im Garment Center schob er einen Handwagen durch die Gegend. Mary Sean hatte geheiratet. Nigger fühlte sich so allein und verlassen wie noch nie in seinem Leben. Er zog zuhause aus und nahm sich ein Zimmer in Harlem.

Nigger saß in seiner Bude. Die Ratten liefen über den Fußboden, die Kakerlaken krochen über die Wände, die Schatten der Nacht. Nigger hielt einen Löffel über die Flamme und kochte sich einen Schuß auf. Der Mensch leidet, der Mensch haßt, beutet den anderen aus, erniedrigt ihn und sich selbst, massakriert, killt, mit Reden, mit Lügen, mit Lohnstreifen, mit faulen Tricks, mit wehenden Fahnen. Nigger legte den Löffel weg, steckte sich die Spritze in den Arm, zündete sich eine Zigarette an. Draußen kochte Harlem in der Sommernacht, Lärm, Gelächter, Anschaffer, Prediger, Cops, Straßenbanden, Holy Rollers, Cadillacs, Kartenspiele, Bars und Kaschemmen und noch mehr Kaschemmen und Kirchen. Der Dollar war überall Gott, grünes Licht, Passierschein zum Vergnügen. Die Neonreklamen zuckten in der Nacht, die Stimmen und Träume der Menschen waberten durch die Straßen, über die Dächer. Heiraten, Abtreibungen, Vergewaltigungen, blutende Wunden, tote Lover, neue Liebe, ein neuer Job – falls man Glück hatte.

Die Automatenrestaurants an der 125. Straße hatten fast die ganze Nacht geöffnet. Dort saßen die heimatlosen Gespenster der Nacht, die Junkies, die ausrangierten Nutten, die gichtgeplagten gealterten Zuhälter und Ganoven, die weißen Stadtstreicher und Süffel und U-Bahn-Fledderer; dort warteten sie, bis es wieder hell wurde und sie sich woanders verkriechen mußten und warten auf die nächste Nacht und den nächsten Morgen. Das war Nigger's Harlem, und das war sein Zuhause.

Da draußen trieb sich jetzt auch Abigail herum und verhökerte ihren Arsch. Abbie war Nigger's Girl. Sie war groß und schlank und in ihren Augen brannte ein irres Feuer. Abbie liebte Nigger, und aus Liebe zu ihm ging sie anschaffen, denn Nigger hing an der Nadel. Seinen Job hatte er schon vor Monaten verloren. Der Boß packte ihm den Handwagen voll, bis er kaum noch von der Stelle zu bewegen war, der Boß ließ ihn schuften für beschissene 45 Mäuse die Woche, und eines Tages platzte Nigger der Kragen. Er schlug dem Boß die Faust in die Fresse und schmiß den Krempel hin.

Nigger war verzweifelt. Er wollte nicht, daß Abigail für ihn anschaffen ging. Er wollte sein eigenes Geld verdienen. Er wollte ein Mann sein.

Nigger ging an die Kommode, zog eine Schublade auf und nahm die Knarre in die Hand, eine 38er. Er schwitzte und fröstelte abwechselnd. Er schlug mit der Faust auf den Tisch. „Dieses Scheißspiel!", schrie er. Er war entschlossen, eine Bank hopps zu nehmen. Er wußte eine im Rockefeller Center, die einigermaßen leicht aussah. Er saß da und drehte die Knarre in seinen Händen. Abigail kam nicht nach Hause. Die Nacht verging, es wurde Tag und wieder Nacht. Nigger stand auf.

Der D-Train ratterte in Richtung downtown. Nigger saß da und dachte über sein Leben nach. Er dachte an seinen Touchdown gegen St. Bernards. Er dachte daran, wie sie ihn als Helden vom Platz getragen hatten. Er konnte es jederzeit noch einmal bringen. Er hatte es immer noch.

Rockefeller Center. Er stieg aus. Fröstelnd stieg er die

Eisentreppe hoch, ging auf die Straße. Plötzlich wurde ihm kalt vor Angst. Er tastete nach der Knarre in seiner Manteltasche. An der Ecke war die Bank. „Da drin ist es", sagte er sich, „das ganze gottverdammte Geld." Er ging hinein und stellte sich vor einen Schalter. Eine blonde Kassiererin nahm den Zettel, den er ihr durchschob und las ihn: „Das Geld her oder Sie sind TOT." Sie wurde blaß. Dann duckte sie sich und drückte auf den Alarmknopf. Nigger war starr vor Panik. Ein Bulle kam quer durch die Schalterhalle auf ihn zu. Nigger hob die Knarre und drückte ab. Er traf den Bullen mitten ins Gesicht. Er rannte aus der Bank, die Stufen zur U-Bahn hinunter. „Diese verfluchte blonde Zicke. Dieses dämliche Stück Scheiße!"

Dann saß er in einem U-Bahn-Zug, zitternd vor Kälte. Er sah die Gesichter der Leute an – so tot, so allein, so leer. Die Angst kroch in ihm hoch. Die Bullen waren hinter ihm her. Er wechselte die Züge, rannte die Treppen hinauf und hinunter, von Bahnsteig zu Bahnsteig, von Queens nach Brooklyn. Ecke Smith und 9th Street stieg er aus. Es war eine Station der Hochbahn, über dem Erie Basin. Er steckte sich mit zitternden Fingern eine Zigarette an, sah hinunter auf die Stadt, die Lichter, die schemenhaften Gestalten. Die Zeit war gegen ihn, alles war gegen ihn. Er ballte die Fäuste. Schluß, sagte er sich, Schluß mit der Rennerei, mit der ewigen Hetze. Es gab keinen Ausweg. Es gab für Nigger keinen Platz mehr auf der ganzen gottverdammten Welt.

Er stieg in den nächsten Zug. Auf den Bahnsteigen lagen die Besoffenen herum, die Fledderer arbeiteten sich mit müden schleppenden Schritten an sie heran, in der Hoffnung, einen zu finden, der noch nicht ausgemistet war. Im Waggon sahen ihn die übermüdeten Augen der ersten Pendler an. Die Stadt kam nie zur Ruhe, die Ratten rannten durch die Keller, die Menschen durch die Straßen und U-Bahn-Schächte, die Uhren tickten, die Huren kreischten, und der muffige

Bulle strich durch sein Revier und wartete auf ein verdächtiges Geräusch, eine verdächtige Bewegung, einen Schatten, einen Hauch von Gewißheit, daß er nicht überflüssig war.

Es wurde gerade hell, als Nigger am Pelham Bay Park aus dem Zug stieg. Der Park lag so verlassen und öde da, als hätte ihn noch nie ein lebendes Wesen betreten. Nigger schlug den Mantelkragen hoch, hielt ihn vorne zu, stolperte über das nasse Gras, zwischen den Bäumen hindurch. Dann legte er sich hinter einigen Büschen auf die Erde. Er fühlte sich erschöpft und ausgepumpt. Die Augen fielen ihm zu. Die ersten Vögel zwitscherten in den Bäumen. Nach einer Weile ging die Sonne auf.

Nigger schreckte hoch, schüttelte den Kopf, sah sich um. Auf der anderen Seite der Büsche war ein Reitpfad. Der Himmel war blau und wolkenlos. Er fischte eine Zigarette aus der Manteltasche und zündete sie an. Er faßte in die andere Tasche. Die 38er war noch da. Sie fühlte sich warm an. Er hörte Stimmen, das Schnauben von Pferden. Er duckte sich und sah sie vorbeireiten. Die Girls sahen gut aus in ihren Reitkostümen. Die Sonne stand am Himmel.

Er wandte den Kopf. Ein blondes Girl auf einem schwarzen Pferd. Das Pferd scheute und ging durch. Die Blondine riß verzweifelt an den Zügeln. Sie kam auf ihn zu. Nigger zuckte zusammen. Etwas klickte in seinem Kopf. Ohne zu überlegen, machte er einen Satz und riß die Blondine aus dem Sattel. Sie rollten seitwärts in die Büsche. Die Blondine war klein und pummelig und steif vor Schreck. Sie hatte dicke Brüste und einige Pickel im Gesicht. Nigger packte sie an den langen blonden Haaren, preßte seinen Mund auf ihre Lippen, riß ihr die Bluse auf, wühlte sich hinein. Sie war halb ohnmächtig und wehrte sich nicht. Er riß ihr die Reithose herunter, den Slip. Keuchend nahm er sie.

Die Blondine schrie jetzt. Sie schrie laut und gellend. Nigger hielt ihr den Mund zu. Sie wehrte sich verzweifelt, schlug ihm die Fäuste ins Gesicht, kickte mit den Beinen. Mit der freien Hand tastete der nach der Knarre in seiner Manteltasche. Er hielt ihr die Knarre an die Schläfe und drückte ab.

Nigger rannte quer durch den Park. Er erreichte den Pelham Sumpf, watete durch den Morast, auf den Fluß zu. Hinter sich hörte er jetzt Stimmen. Dann kamen Stimmen auch von der Seite. Sie kamen näher, sie kreisten ihn ein. Er stolperte, fiel in den Schlamm, kam wieder hoch. Er sah nach hinten. Zwischen den Bäumen des Parks sah er sie jetzt. Uniformen. Es mußten an die 20 sein. Keuchend arbeitete er sich durch den Morast, auf die Brücke zu, alles drehte sich in seinem Kopf, sein Blut hämmerte an die Schläfen, Güterzüge, Touchdowns, Schlägereien, Parties, Abigail, Forty Winks, Trillerpfeifen, Löschzüge in den nächtlichen Straßen von Harlem, gellende Hilfeschreie, das hohe jaulende Geräusch der Querschläger, das Splittern und Bersten von Glas.

Er erreichte die Brücke, rollte die Böschung hinunter, stieg über Abfälle und rostigen Schrott, über geborstene Eisenträger, Schutt und Geröll, und dann stand er mit dem Rücken am ersten Brückenpfeiler. Die Bullen rückten näher.

„Kommt her, ihr Wichser!", schrie er. „Kommt her und holt es euch!"

Die Bullen gingen in Deckung und eröffneten das Feuer – Johnny Pollack, Holy Cross, Mary Sean, Forty Winks, Güterwaggons, pickelige Blondinen, verlauste Buden, Dollars, Bosse, Straßen, Stimmen und Träume und Alpträume. Die Sonne brannte herunter. Nigger stand da und schoß sein Magazin leer. Einige Bullen sprangen aus der Deckung. Eine Kugel zerriß ihm den Schädel, Blut und Hirn spritzte hinter ihm an den Betonpfeiler, sein Körper drehte sich halb um die eigene Achse und klatschte in das schwarze Wasser.

Das Leben krakeelte in den heißen Straßen. Abigail machte ihre Tour wie jeden Abend. Die Neonreklamen zuckten über die Häuserfronten. Die Kirchen und die Kneipen waren voll.

Die schwitzenden Leiber wühlten sich durch die Nacht, durch den Rausch und die Verzweiflung und die Bewußtlosigkeit und die Angst vor dem Morgen. Sie grölten und beteten und sangen, sie fickten und litten und verstummten und starben.

Nigger war tot. Ein fauliger Wind wehte vom Fluß herein. Die dumpfen Echos der Lebenden und Sterbenden verhallten in der Dunkelheit.

Whisky, Wahnsinn und Bellevue

Parties von Literaten sind eine öde Angelegenheit, aber ich hatte es mal wieder satt, mich mit knurrendem Magen auf der Straße herumzutreiben, und bei denen gabs alles umsonst, also ging ich hin. Außerdem, als Straßenpoet braucht man nicht wählerisch zu sein. Ein Dichter der Straße bringt es sowieso nur, weil er spinnt und ihm alles scheißegal ist.

Das Apartment war teuer eingerichtet und verteilte sich auf zwei Stockwerke über einer Buchhandlung. Sie waren alle da: die Fatzkes, die schwulen Mitläufer und die Jasager, die gelangweilten Verleger, die Reporter – und die Autoren mit den starken Ellbogen, dem fehlenden Rückgrat und den elastischen Knien, die immer dann in Aktion traten, wenn sich ein Arsch auftat, dem man reinkriechen konnte.

Sie drängelten und schleimten sich durch die Bude, hangelten nach dem nächsten Cocktail und dem nächsten verlogenen Kompliment, hatten kleine Schweißperlen auf der Stirn und ließen sich das süßliche Gelaber von der Zunge rollen. Die Party war einer dieser mit Speichel gefetteten Rangierbahnhöfe des Literaturbetriebs, und Gäste und Gastgeber waren die austauschbaren Figuren, die das Ding am Laufen hielten.

Ich griff mir eine Flasche Bourbon und setzte sie an. Dann ging ich nach oben, wo sie die Fressalien hatten. Ich hatte in den letzten Tagen wenig zu Beißen gehabt, und der Bourbon stieg mir sofort zu Kopf. In meinem umnebelten Hirn stritten sich die Stimmen der Penner aus dem Flophouse, in dem ich den letzten Winter verbracht hatte, drängten sich die Erinnerungen an die Jahre, die ich auf Straßenpflaster abgelatscht hatte... ich spürte die Lippen von Nutten, die ich einmal geküßt hatte, die Finger von Junkies, die mir nachts die Taschen filzten, die nassen Schnauzen von räudigen Kötern im Gewühl der Straßen an heißen Sommertagen voll Streit und Familienkrach und Sirenen, Babygeschrei aus Kinderwagen, Lustgestöhn auf alten fleckigen Matratzen unter einer trüben Glühbirne, in dieser stinkenden überfüllten Stadt, hart wie das Porzellan einer Kloschüssel und mindestens so gefühllos...

Ich war blau, und ich war kirre; ich stellte mich auf eine Couch und sang ihnen in die öden entgeisterten Gesichter; ich torkelte durch die geladenen Gäste und schneuzte mich im Vorübergehen in den blumengemusterten Seidenschlips eines Galeristen; ich griff mir ein Tablett voll Salami-Sandwiches und warf es aus dem Fenster und kletterte über den Balkon und die Feuerleiter nach unten auf die Straße und steuerte die nächste Kneipe an.

Die nächste Kneipe war die Cedar Bar in der West Eighth Street. Singend marschierte ich rein und bestellte mir einen Drink. An der Bar saß eine, die mir gefiel, und ehe sie von mir wegrücken konnte, hatte ich bereits meine nassen Lippen auf ihren gepflegten Handrücken gedrückt, sie zerrte und zerrte, aber ich hielt ihr eisern das Händchen und machte ihr eine Liebeserklärung.

Dann mischten sich ein oder zwei männliche Kunden ein, dann der Barkeeper, und ich hatte meinen Drink kaum halb drin, da packte mich an jedem Arm ein Bulle.

Sie schleppten mich aus dem Lokal, auf die Straße, es war Anfang November, ziemlich kalt, ich protestierte lautstark und trat ein bißchen um mich. Sie schlugen mich zu Boden, um mir leichter die Handschellen anlegen zu können.

„Laßt mich doch in Frieden, ihr Arschlöcher!“, schrie ich. Weiteres Handgemenge. Die Leute strömten jetzt aus der Bar und standen um uns herum. Sie fanden die Show unterhaltsam, und es kostete nicht einmal Eintritt. Die Bullen traten auf mir herum und ich trat zurück. „Fickt euch ins Knie, ihr vernagelten Scheißer!“

Schließlich hatten sie die Handschellen dran. Sie warfen mich auf den Rücksitz ihres Streifenwagens und fuhren in Richtung St. Vincents Hospital. Ich war so benebelt, daß mir alles egal war. Der eine Cop blutete am Ohr. Wahrscheinlich hatte ich ihn gebissen.

Der Arzt in der Ambulanz des St. Vincents kannte mich zufällig. Er sagte den Bullen, ich sei nichts weiter als ein besoffener Poet. Er hatte mich vor ein paar Jahren in einem Jazzclub meine Gedichte vortragen hören. Die Cops beharrten darauf, ich sei gemeingefährlich und ein klinischer Fall. Der Arzt sagte, sie sollten mich gehen lassen. Sie gingen mit mir raus und schlugen mich noch einmal zusammen. Ich trat und biß um mich, so gut es ging. Dann gings wieder rein. Der Bulle mit dem Ohr blutete jetzt auch aus der Nase. Man verpaßte mir eine Zwangsjacke und steckte mir einen Knebel in den Mund. Sie drückten mich platt auf eine Bahre und schnallten mich fest und ließen einen Krankenwagen vorfahren.

Der Krankenwagen kam, sie schoben mich hinten rein und der eine Bulle setzte sich dazu. Als der Wagen anfuhr, sagte er: „Eine Bewegung, und ich brech dir beide Beine!" Ich bewegte mich nicht.

Unser Ziel war Bellevue. Sie schoben mich rein, der Cop unterschrieb die Einweisungspapiere, und dann gings im Fahrstuhl hinauf in die Abteilung für schwierige Fälle. Der Doktor hieß Ginsberg. Ich versuchte ihm klar zu machen, daß ich einfach ein Dichter sei, der einiges über den Durst getrunken hatte. Aber er hörte mir nicht zu.

Zwei Pfleger in weißen Kitteln zogen mir die Kleider aus. Ich bekam einen Bademantel und ein Paar Slipper, und dann verpaßten sie mir zur Beruhigung zwei große Spritzen. Sie steckten mich in ein Bett, und ich schlief sofort ein.

Die Abteilung 9 in Bellevue war kein besonders fröhlicher Ort. Alle waren vollgepumpt mit Thorazin, und der ganze Krankensaal stank nach Desinfektionsmittel. Ein Patient –er nannte sich 'Doc' – machte in seinem Rollstuhl die Runde und fühlte jedem den Puls. Ein großer dürrer Kerl namens Moe stand vornübergebeugt da und bewegte die Finger als spiele er Saxophon.

Der Saal war lang und schmal. An der einen Seite gab es Zellen mit Eisentüren. Die Türen hatten kleine Fenster aus Panzerglas. Man konnte reinsehen und sich anschauen, wie die Irren da drin gegen die Wände rannten und auf dem Zementboden zappelten. Es war unerträglich, die Qual dieser armen Kreaturen mit ansehen zu müssen.

Bei denen im Saal sah es auf den ersten Blick nicht so schlimm aus (einige erzählten mir, sie hätten sich freiwillig einliefern lassen, 'zum Überwintern'), aber kaputt waren sie alle. Wer oder was hatte sie zu dem gemacht, was sie jetzt waren? Und wer interessierte sich dafür, was aus ihnen wurde, in diesem Wartesaal des Todes?

Am Sonntagnachmittag kam ein junger Priester herein.

Er hatte eine Kette um den Hals und sah ängstlich drein. Offenbar fürchtete er hier um sein Leben. Er leierte hastig ein paar Gebete auf Lateinisch herunter. Vielleicht zweifelte er selber daran, daß Menschen in einem Irrenhaus mit Gott oder Mohammed oder Buddha gedient war.

Die Hälfte der Patienten waren Schwarze, und an manchen Nachmittagen kamen einige schwarze Lernschwestern und brachten einen Plattenspieler mit, und es wurde zu alten ausgeleierten 78er Scheiben getanzt. Die Mädchen gaben sich Mühe, relaxed zu sein, und mit ihren jungen Körpern und ratlosen Gesichtern ein bißchen Wärme zu verbreiten für die Irren und Verirrten und Verlorenen, die aus der Kälte in die Kälte gekommen waren.

Ansonsten sorgten wir selbst für unsere Unterhaltung. Wir spielten Tonk und Hearts, und gelegentlich bekamen wir einige aus der Frauenabteilung von gegenüber zu sehen, die in Bademänteln und Sandalen durch den Korridor schlurften und die Augen verdrehten.

Das Essen war erträglich. Die Ärzte kamen jeden Morgen zur Visite. Es gab auch eine Ärztin, eine frustrierte Dame mit verkniffenem Gesicht, die wahrscheinlich in ihrem ganzen Leben noch keinen Mann gehabt hatte und sich nun dafür rächte, indem sie Männer mit einem Federstrich in gottverlassene geschlossene Anstalten im Norden des Staates New York einwies. Das einzige, was sie noch am Leben hielt, war anscheinend die Macht, die sie über diese unglücklichen Kreaturen hatte. Sie thronte über ihnen und hielt Gericht über sie und schob sich nach getaner Arbeit eine Kerze in den Schlitz.

Wir lachten und erzählten uns Witze, aber die größte Freude herrschte in der Abteilung immer dann, wenn einer wieder raus durfte und entlassen wurde. Als sie Judd entließen, versicherte er mir zum Abschied, ich würde in Harlem einen erstklassigen Zuhälter abgeben. Er gab mir seine Adresse, damit ich mich bei ihm melden konnte, wenn ich rauskam.

So vergingen die Tage. Doc kurvte durch die Gegend und fühlte jedem den Puls, der Saxophonist spielte auf seinem imaginären Instrument, und der Priester leierte auswendig seine lateinischen Gebete herunter.

Schließlich gelangten die Ärzte zu der Überzeugung, daß bei mir offenbar doch keine Schraube locker war, und sie entließen mich. Ich bekam meine Kleider zurück und kehrte dem Bellevue Hospital mit einem Seufzer der Erleichterung den Rücken. Ich ging in der kalten Wintersonne durch die Straßen, runter zur East Side. Das Leben konnte weitergehen. Die Welt würde sich nicht ändern, sie würde sich weiter zugrunde richten mit ihrer Angst und ihrer Unvernunft, ihrer Gier und ihrer Dummheit. Mich jedenfalls würde man immer auf der Seite des Lebens finden, egal wie irre es sein mochte.

Benny und Blue

Die Blonde kauerte nackt im Badezimmer und schrie. Benny schrie auch. Sie hatten ihn auf einen Stuhl gefesselt und schlugen auf ihn ein. Zwei Bullen vom RD. Um 5 in der Frühe hatten sie die Tür eingetreten. Sie waren entschlossen, Benny dranzukriegen.

Drei lausige Joint-Kippen. Das war alles, was sie in der Wohnung gefunden hatten. Sie hatten alles auf den Kopf gestellt. Es sah aus als habe eine Granate eingeschlagen. Jetzt gingen sie dazu über, Benny's Bilder von den Wänden zu reissen und vor seinen Augen in Fetzen zu schneiden. Aus der Traum von seiner Einzelausstellung in Paris.

Sie hatten ihm seinen einen Arm nach hinten an die Stuhllehne gefesselt und bearbeiteten ihn mit Fragen und Faustschlägen, trampelten auf seinen zerfetzten Bildern herum und spuckten darauf. Benny spie ihnen seine blutige Spucke ins Gesicht. Die Bullen lachten und droschen ihm weiter aufs Maul. Wenn sie sich beeilten, konnte es noch in die Abendzeitung kommen. Vielleicht war sogar eine Beförderung drin.

Es war seine dritte Verhaftung in fünf Jahren. Wenn er verurteilt wurde, konnte es diesmal Lebenslänglich bedeuten. Als 'Gewohnheitsverbrecher'.

Die Blonde hatte mit dem Schreien aufgehört und schluchzte nur noch vor sich hin. Die Bullen wechselten sich jetzt ab. Der eine trat ihn ans Schienbein, und der andere brüllte ihn an: „Wo hast du das Pot? Wo hast du das H?"

Benny hatte schon Schlimmeres durchgemacht. Er konnte es aushalten.

Sie zerrten die Blonde aus dem Badezimmer, stießen sie grinsend durchs Zimmer, und der eine sagte, sie habe einen knackigen Hintern. Dann mußte sie sich anziehen. Der eine Bulle griff sich einen Stuhl, schlug damit alles kurz und klein und warf ihn anschließend durchs Fenster.

Sie schafften die beiden nach unten, stießen sie in den Wagen und fuhren zum Polizeirevier an der North Avenue. Die drei Joint-Kippen waren nicht gerade ein eindrucksvolles Ergebnis, aber für eine Anklage reichte es.

Nach sechs Monaten saß Benny immer noch in Untersuchungshaft, in einer Zelle im County Jail. Allein mit seinen Angstträumen und Erinnerungen. Die Front in Zaragoza. Der Schlamm und die Sterne am schwarzen Himmel. Die Schüsse, die Bajonette, die Schreie der Verwundeten. Die Granate schlug vor ihm ein, und als er wieder zu sich kam, hatte er nur noch einen Arm. Im Feldlazarett gab es keine Betäubungsmittel. Er schrie sich die Lunge aus dem Leib.

Die jungen Spanier an der Front. 16, 17, 18 Jahre alt.

Mit ihren dunklen Gesichtern und großen Augen. Lachend, siegessicher. Sie drehten sich ihre Zigaretten und dachten, es könne ihnen überhaupt nichts passieren. Und nach zweihundert Schlachten waren die meisten tot, und der Krieg war verloren, und die Frauen waren allein in den Städten, auf den Dörfern, und die Toten waren allein, die Sterbenden, die Waisen, und die Sonne schien wieder auf das alte Leiden, den Hunger und die Hölle dieser Welt.

Es war dunkel in der Zelle. Benny lag auf dem Rücken und starrte an die Decke. Das Hospital in Paris. Der Krieg war vorbei, die Schlachtfelder waren wieder den Bauern überlassen, den Politikern und Grundstücksspekulanten und Banken. Und auf manchen rannten schon wieder Kinder herum und lachten und spielten in der Sonne. Das Hospital war überfüllt, es fehlte an Personal, aber sie halfen sich gegenseitig, sie machten einander Mut, sie lachten und weinten und spielten Karten und rissen Witze und versuchten nicht an später zu denken. Die Verstümmelten, die Wracks, die Gezeichneten, die für den Rest ihres Lebens in dunklen Zimmern liegen würden, gelähmt in Betten und Rollstühlen, an Krücken humpelnd, blind durch die Straßen irrend – gemieden, krampfhaft übersehen, verdrängt und abgeschoben.

Aber noch war es nicht soweit, noch hatten sie einander, waren alle zusammen, hatten gemeinsam etwas durchgestanden und überlebt, manche konnten sogar singen, und von den Straßen kamen Frauen und Kinder herein, mit Obstkörben, mit Blumen, Unbekannte von der Straße, die an ihren Betten weinten und ein letztes Mal ihre geschlagenen Helden sehen wollten, ehe sie für immer verschwanden in ein fernes Land, vergessen und verschollen.

Und Benny sang einen Song aus diesem Land, seinem Land, einen Song von den Gesichtern der Jungen, die nie sterben, weil sie nie vergessen werden.

Blue verbrachte sieben Tage und Nächte im Hinterzimmer der Polizeiwache, sie traten und schlugen ihn, sie fluchten, sie quälten ihn, um ein Geständnis zu bekommen, aber sie bekamen es nicht von ihm. Sein eigener Freund hatte ihn verpfiffen. Sie hatten den Junk gefunden, die Knarre. Die Cops prügelten auf ihn ein, lachten ihm ins Gesicht. Nigger nannten sie ihn. Schwarzes Stinktier. Sein Blut lief über den Boden, seine Pisse, schweigend stand er es durch, schweigend hörte er den Staatsanwalt die Todesstrafe fordern, und schweigend hörte er sein Todesurteil an.

Seit acht Jahren saß er jetzt in der Todeszelle am Ende des Blocks, und jetzt sang auch er. Blue war Benny's Freund, er war sein Bruder, auch wenn sie sich nie gesehen hatten und jeder für den anderen nur eine Stimme war, die in der Dunkelheit sang.

Und auch Blue lag in seiner Zelle und starrte an die Decke in den langen Nächten, allein mit seinen Erinnerungen. Er dachte zurück an das Leben in Harlem, mit Flittchen und Whisky und Kartenspielen. Er dachte an Autos und heiße Knarren, an die Ratten in den Schlafzimmern, die Brände im Winter, elegante Klamotten, Bars, bestochene Politiker und Polizisten, Sex auf Hausdächern in der tierischen Nacht und Jazz in den Höhlen und Canyons seiner Welt, im roten Schummerlicht, das die Gesichter verschwimmen ließ zu Masken und Fratzen, Affen, Gorillas, Krokodilen, Wanzen, Eidechsen, Kakerlaken und Tigern; und überall der Blues, traurig, zornig, geil und tödlich wie das Leben selbst, Tag und Nacht, die blinden Gospelsänger, die Holy Rollers, die Stenze und die Ischen, und die aufgedonnerten Zicken aus den besseren Gegenden, die ihren Stolz vergaßen, sobald es etwas zu lutschen und blasen gab.

Football-Spiele fielen ihm wieder ein, Baseball-Spiele, Boxkämpfe, die Namen von Titelverteidigern und Herausforderern, vor allem aber die Gesichter, die Körper, die Mösen von Girls, die hatte es in rauhen Mengen gegeben, wo man auch hinkam, oder hinsah, in jeder Stadt, man hatte es gemacht, genommen und später davon geträumt, und dann hatte man sich wieder einen Dreh ausgedacht, um zu Geld zu kommen, zu noch mehr Mösen und wilden Nächten, und in dicken Schlitten war man durch die Städte gerast in Rausch und Irrsinn.

Und Blue's Mutter saß mittlerweile in ihrer tristen Küche und betete, daß sie ihren Sohn begnadigten und leben ließen. Ihr Sohn war ihr Sohn, und er konnte jetzt keinen mehr töten, nur noch sich selbst, nein, nicht einmal das. Und seine Freundin, Joan, arbeitete weiter im Hospital und kümmerte sich um die Kranken und Sterbenden und sehnte sich nach Blue, sehnte sich nach einem Körper, auf den schon der Henker wartete, und das Warten des Henkers ist stärker als jede Liebe und jede Sehnsucht.

Blue lag in seiner Zelle, er onanierte, er keuchte, er schrie die Wände an, und er war nicht mehr schwarz oder braun oder weiß, nicht mehr mutig oder feige, nur noch ein Mensch, der um sein Leben kämpft. Briefe an den Gouverneur, an Kongreßabgeordnete und Anwälte, acht Jahre in der Todeszelle, Zeit schinden, Hinrichtungsaufschub, einmal, zweimal, und nochmal. Links und rechts wurden sie abgeholt und in die Gaskammer geführt, aber er gab nicht auf. Acht Jahre hatte er für sich herausgeschunden, und er würde weitermachen, und er konnte sogar noch singen, wo andere kaum noch atmen konnten.

Und Benny hatte gegen Morgen einen Traum: er stand am Stahlgitter seiner Zellentür und sang in den langen Korridor hinaus, und die anderen stimmten nacheinander ein, die Junkies sangen, die Triebtäter, die Bigamisten, die Killer, das ganze gottverdammte Gefängnis sang, und der Direktor kam herunter und sang, die Schließer sangen, mit Knüppel und Tränengas, aber der Gesang der Sträflinge war lauter, war stärker, nichts und niemand auf der Welt konnte ihn zum Verstummen bringen.

Das war Bennys große Vision. Die Verdammten sollten singen, und den Verdammten würde eines Tages die Erde gehören. Ihre Hoffnungen würden ihnen wieder gehören, ihre nächtlichen Straßen, ihre Wut und ihre Freude, ihr Körper, ihre Gedanken, ihr Leben und ihr Tod. Und Benny würde sich nie damit abfinden, daß die Welt für die meisten ein Eimer voll Scheiße war und für die anderen etwas anderes. Er stand mitten in der Zelle und reckte seinen einen Arm in den grauen Himmel aus Beton.

Der Junge von Lessick

Danny hieß er. Sein alter Herr war einer von diesen großsprecherischen, gerissenen Juden. Er war einer der größten Gebrauchtwagenhändler in der Stadt. Danny bekam beizeiten zu spüren, was es hieß, Jude zu sein. Unzählige Male mußte er sich nach der Schule den Weg nach Hause mit den Fäusten erkämpfen. Danny war groß und knochig, und er hatte Mumm in den Knochen. Er ließ sich von keinem etwas gefallen. Er war der Junge vom alten Lessick, und der Alte rauchte 2-Dollar-Zigarren.

Danny verehrte seinen alten Herrn, und der Alte liebte seinen Sohn. An den hohen jüdischen Festtagen sah man den Alten in der Synagoge immer in der ersten Reihe sitzen. Der Alte war ein gerissener Geschäftemacher, der Alte hatte Geld, und er ließ keine Gelegenheit aus, damit anzugeben. „Junge", sagte er immer, „Geld ist Macht. Mit Geld kannst du dir alles kaufen. Das beste Fressen, die schärfsten Weiber. Beziehungen. Einfluß. Alles." Sein Sohn würde einmal werden wie er, sein Sohn würde ins Geschäft einsteigen und eine Menge Geld machen, und alle würden sie neidisch sein auf den Jungen von Lessick.

Der Tag, als Danny seinen Abschluß an der Highschool machte, war ein stolzer Tag in seinem Leben. Der Alte gab ihm hundert Dollar, damit er sich amüsieren konnte. Von der nächsten Woche an würde er ihn ins Geschäft reinnehmen und ihm die Tricks und Feinheiten beibringen. Danny machte mit seinen Freunden die ganze South Side durch und verjubelte das Geld mit Whisky und Nutten. Grölend kam er nach Hause und gab mit seinen Abenteuern an. Der Alte lachte und schlug ihm auf die Schulter. „Recht so, Junge", sagte er, „recht so."

Danny kam seinem alten Herrn nie so recht nahe. Wenn sie miteinander redeten, gebrauchten sie immer große Worte und versuchten einander zu übertrumpfen. Der Alte war ein unverbesserlicher Gauner. Er legte ahnungslose Hinterwäldler rein, indem er ihnen faule Schlitten verkaufte, die nach ein paar Tagen mit Getriebeschaden liegen blieben. Oder der Motor flog auseinander, oder die Achse brach. Die Dinger waren nichts als glitzernder Schrott. Er konnte jeden beschwatzen, und manchmal trieb er es so auf die Spitze, daß er am Ende selbst den Schaden hatte.

Danny hatte keinen Sinn für Geschäfte. Er hatte weder das Bedürfnis noch die Veranlagung, um andere zu begaunern. Er hatte einfach nicht diesen Drive und diese Gier wie sein

Alter. Danny wußte nicht, was er einmal werden wollte. Er wollte er selbst sein; aber dazu mußte er erst einmal wissen, wer er war. 'Ich weiß nicht, was ich will', dachte er oft, 'aber ich weiß, daß ichs kriegen werde. So oder so.' Auf jeden Fall sollte es ein aufregendes Leben sein.

Sue Ann war eine Trampel vom Land, aber sie hatte eine sagenhafte Pussy. Wenn Danny eine gute Pussy kriegen konnte, vergaß er alles andere. Aber dazu brauchte er Geld. Und wenn es um Geld ging, war er ganz von seinem Alten abhängig. Danny trieb sich auf den Straßen herum, immer auf der Suche nach Pussy. Danny war durcheinander und kam immer mehr auf die Rolle. Danny zog zuhause aus. Danny putschte sich mit Pillen auf. Danny trieb es am liebsten mit schwarzen Flittchen. Sein Alter machte ihm Vorwürfe und schrie immer häufiger mit ihm herum. Danny strolchte durch die Straßen von Chicago. Danny versetzte seine Klamotten. Danny versetzte alles, was er hatte. Danny begann zu klauen. Danny wurde süchtig. Danny haßte seinen alten Herrn. Danny war der Junge von Lessick. Danny legte sich mit jedem an und kriegte überall Stunk. Mit Danny ging es unaufhaltsam bergab.

Das gierige Verlangen nach Kicks trieb Danny um. Er war süchtig nach allem, was high machte. Er klaute, er log, er drehte krumme Dinger. Er bestand nur noch aus Sucht. Er fraß den Stoff in sich hinein, er knallte sich voll, er zitterte und fror im Entzug und kroch durch den Dreck der Straßen und fluchte auf seinen Alten und auf sich und die Welt.

Sein Gesicht verzerrte sich zur gequälten Fratze, er schlug um sich und wurde geschlagen. Er wurde ein Aussätziger, ein räudiges Tier, sie jagten ihn mit Fußtritten fort, und er hetzte und irrte durch die Straßen, und am Ende lag er auf den Knien und bettelte. Und dann hatte er auch nicht mehr die Kraft zum Betteln, sein geschundener Körper machte nicht mehr mit, es wurde Nacht, die Sirenen heulten in den engen

Straßenschluchten, sein graues Gesicht schrumpfte und zuckte und gefror, es wurde Nacht und es wurde nicht mehr Tag.

Danny verreckte in einem toten Slum, zwischen alten Zeitungen und Müll und verrosteten Autowracks, mit der Nase im Dreck, vor einer baufälligen Synagoge mit vernagelten Fenstern und Türen. Die Sonne ging auf, aber sie brachte nichts mehr zum Leben, sie schien umsonst an diesem Ort, von dem das Leben gewichen war, weil es keinen Sinn mehr hatte.

Das schauerliche Gesicht des Danny Lessick war jetzt nur noch eine Herausforderung für den Leichenbestatter. Der Mann mühte sich damit ab, vom Ehrgeiz gepackt, ihm etwas Menschenähnliches zurückzugeben, aber seine Kunst versagte. Sie steckten Danny in den Sarg, wie er war.

Der Sarg senkte sich in die Erde, und der alte Lessick rang sich eine Träne ab, wie es sich gehörte. Der Rabbi sprach ein Gebet. Drei Schaufeln Erde klatschten auf den Sargdeckel.

Eine Pille für seine tote Mutter.
Eine Pille für Sue Ann.
Eine Pille für die schwarzen Flittchen.
Eine Pille für den Rabbi.
Eine Pille für den Alten.
Eine Pille für Danny Lessick.
Eine Pille für seine Welt,
die ihn ausspuckte und vergaß.

Skinny Dynamite

So nannten sie alle. Skinny Dynamite. Sie war Jüdin, aber sie hatte die Seele einer Schwarzen. Ihr Vater hatte einen Süßwarenladen und nahm im Hinterzimmer illegale Wetten an. Als sie sieben war, ging Loose Harry eines Tages mit ihr in den Hauseingang neben dem Laden, steckte ihr den Finger unten rein und machte es ihr, bis sie fast in Ohnmacht fiel.

Von da an zog es sie immer in die Nacht, in das geheimnisvolle Dunkel von Hausfluren und Verschlägen, Abstellschuppen auf Hinterhöfen, leerstehenden Wohnungen, in die man über die Feuerleiter einsteigen konnte. Und sie interessierte sich für alle, die anders waren als sie, eine andere Hautfarbe hatten; schwarz, braun oder gelb, ganz egal. Zehn oder elf war sie, als sie merkte, daß die Jungs sich gerne blasen ließen. Also beschloß sie, zu einer Expertin für Blowjobs zu werden. Anfangs machte sie es noch umsonst, doch nach einer Weile war sie so stark gefragt, daß sie nur noch Jungs bediente, die ihr Taschengeld herausrückten.

Dann war sie soweit. Sie beherrschte ihre Kunst und suchte sich nun auch erwachsene Kunden. Und sie brachte es so gut, daß sogar der Mond rot wurde.

Von ihrem ersten Geld kaufte sie sich einen knappen, knallgrünen Slip. Der grüne Slip und das rote Schamhaar, das sah unerhört scharf aus, das brachte die Kunden gleich in Stimmung. Sie hatte heißes Blut, einen kühlen Kopf und kalte Hände. Ihr Großvater war ein russischer Mystiker aus den Bergen von Bessarabien.

Ihren ersten Fick bekam sie von Kinky, einem verrufenen Schluckspecht und Rumtreiber aus der Nachbarschaft. Sie machten es in einem Abbruchhaus an der Marcy Avenue, neben dem alten Bus-Depot. Es war ein heißes erregendes Gefühl, so einen Schwanz da unten reinzukriegen. Es war so heiß, daß sie nicht einmal die schmierige durchweichte Matratze spürte, auf der sie es trieben.

Am Yom Kippur Fest langte sie dem Sohn des Rabbiners vor der Synagoge an die Eier und lächelte ihn aufmunternd an. Mendel hieß er. Er war ein gutaussehender Junge mit pechschwarzen Locken. Mendel bekam es mit der Angst und rannte weg. So ein dämlicher Feigling. Skinny verstand nicht, wie man vor einer guten Nummer kneifen konnte. Naja, machte nichts. Jeder Mann hatte einen, und alle waren anders – die unterschiedlichsten Größen und Formen. Da gab es noch viel zu entdecken.

Die dunkelhäutigen Typen waren die besten. Skinny wußte, daß sie auf sie wirkte, sie war sexy, und Ficken ging ihr über alles.

Ihre Mutter Sara hielt sie für ein braves Mädchen. Mit ihren großen schwarzen Augen sah sie auch wirklich aus wie ein Engel. Und das Feuer, das in diesen Augen brannte, hatte sicher zu bedeuten, daß das Kind insgeheim für einen Filmstar schwärmte, wie alle jungen Girls.

Skinny schwärmte nicht für Filmstars. Sie war wild auf Schwarze und Puertorikaner.

Diese Jungs waren wie die Wilden. Die geringste Andeutung genügte, und schon hatte sie einen. Sie war jetzt Siebzehn, und Brooklyn war eine heiße Gegend, die eine reichhaltige Auswahl bot, vor den Bars und Spielhallen und auf den Schulhöfen und am Strand. Es gab für Skinny nichts Schöneres als einen schwarzen heißblütigen Fick auf einer stillen Insel mitten im Lärm und Gewühl des Neondschungels.

Der Matrose, den sie vor einer Kaschemme am Hafen aufgegabelt hatte, das war eine irre Nummer, an die sie noch lange mit Vergnügen zurückdachte. Ein Puertorikaner mit harten Muskeln und funkelnden Augen und einer unersättlichen Lust auf Sex. Sie stiegen irgendwo in die U-Bahn, es war spät in der Nacht, der Waggon war leer, und sie fingen sofort an. Es konnte natürlich sein, daß trotz der späten Stunde noch jemand zustieg, aber sie kümmerten sich nicht darum. Skinny lutsche ihm einen runter und steckte ihm den Finger in den Arsch, um ihn auf Touren zu bringen. Dann ließ sie ihn ran. Es war unglaublich, was dieser Junge auf die Matte brachte. Er zog es in die Länge, er kannte wirklich sämtliche Tricks. Sie fickten sich quer durch Brooklyn. Die Stationen flogen vorbe, der Zug kam aus dem Tunnel und fuhr als Hochbahn weiter, und der Sailor trieb sie von einem Höhepunkt zum nächsten. Endlich, kurz vor der Navy Street Station, kam es ihm. Und wie. Im schlingernden Zug wirkte es, als zapple er an einer Hochspannungsleitung. Es sah irrsinnig komisch aus. Skinny lachte sich die Pussy schief. Verdammt nochmal, wenn man sich überlegte, daß Ficken für viele Menschen das einzige war, was sie auf der Welt überhaupt noch hatten, und selbst dazu waren die meisten von ihnen schon zu kalt und abgestumpft. Wenn Skinny im Delirium war, wollte sie es am liebsten der ganzen Welt besorgen, diesen ganzen müden resignierten Wichsern einheizen, bis sie glühten, bis sie brannten vor Lust.

Chuco war einmal Anführer der Fly Street Boys gewesen. Der Ex-Anführer hatte ein enormes Ding zwischen den Schenkeln hängen, Skinny wühlte ihm ihre Zunge ins Ohr, aber er hatte sein Ding noch gar nicht richtig hoch, da ging ihm schon einer ab. Chuco hatte den Dreh einfach nicht raus, er war und blieb ein hoffnungsloser Fall. „Mach die Beine breit", blaffte er, „ich freß dir die Fotze kahl!" Es sollte ruppig klingen, aber genauso gut hätte er vom Wetter reden können. Er rutschte an ihr herunter und machte sich wie verrückt über ihren Muff her. Nach einer Weile hörte er plötzlich auf. Seine Hände, mit denen er ihren Hintern gepackt hatte, rutschten kraftlos herunter, und dann lag er da, den Kopf zwischen ihren Schenkeln, und schluchzte wie ein Kind.

Dann gab es den großen Schwof in der St. Peace Hall. Die Rock 'n Roll Band hatte den Laden am Kochen. Skinny tanzte mitten im Gewühl, allein, benebelt vom wilden Sound, der ihr um die Ohren knallte. Jemand packte sie von hinten und sagte dicht an ihrem Ohr: „Heute nacht wirst du durchgefickt, Alte. Wie noch nie." Es war Flame. Boß der Commanches, einer puertorikanischen Straßenbande aus der Moore Street. Er drehte sie herum, packte sie mit der einen Hand am Hintern, langte ihr mit der anderen unters Kleid und werkelte ihr seinen Mittelfinger in den Schlitz. Sie rieb sich an seinem Hosenlatz und lächelte ihn an.

Flame war nicht besonders groß, aber er sah unglaublich scharf aus. Breite Schultern. Bleistiftdünner Bart auf der Oberlippe. Skinny spürte, wie es zwischen ihnen knisterte. Sie hängte ihm ihre Zunge in den Mund.

Nach dem letzten Rock 'n Roll zogen sie zusammen los, Richtung Whipple Street, wo die Commanches einen Schuppen hatten, eine umgebaute Garage. Die Bande folgte in einigem Abstand. Tito mit den langen Haaren; Primo mit dem langen dünnen Schwanz, an dem nur noch ein Ei hing; Heno mit dem irren Lachen; Paquito mit den fünf Messernarben; Mr. Lee, der klapperdürre Chinese; Fat Lilly in ihrem schmuddeligen roten Seidenfähnchen; Harry mit der langen Klinge; Lucky mit dem Schlagring; Sunny mit der himmelblauen Hose; Crimpo mit der langen Nase; und Mondo mit dem dämlichen Grinsen und den spitzen Schuhen.

Es war Freitag, aus sämtlichen Fenstern dröhnte Musik, auf der Hochstraße über ihren Köpfen rasten die Autos stadteinwärts, hier draußen war zu wenig los, aber weiter hinten, wo die Häuserlücken größer wurden und einiges Grünzeug überlebt hatte, lagen Düfte in der Luft, die einen daran erinnerten, daß es mal wieder Frühling geworden war. Gelächter schallte aus den offenen Fenstern der alten Backsteinhäuser von Williamsburg, irgendwo saßen sie bei flackerndem Kerzenlicht um den Tisch und jemand sprach eine Litanei auf Hebräisch, ein paar Nonnen gingen über einen Kirchhof, ein bißchen lebhafter und ungezwungener als sonst, als hätten sie gerade gemerkt, wie jung sie noch waren.

Skinny und Flame verschwanden im Schuppen. Die Bande ließ sich Zeit. Einige gingen zur Ecke und besorgten Bier und Whisky und Zigaretten. Sie hatten es nicht eilig. Eine Fut ist eine Fut, und basta. Nur keine orientalische Hast.

Skinny fläzte sich auf eine Matratze in der Ecke, die Zigarette zwischen den Lippen, und machte die Beine breit. Ihr Schlitz war so heiß und naß, daß er beinahe zischte. Flame stellte sich vor sie hin, ließ die Hose runter, sein Prügel stand dick und hart von ihm ab. Er setzte die Bierdose an und nahm einen langen Schluck. Die Jungs von der Bande kamen jetzt nacheinander herein.

Fat Lilly stand breitbeinig da und schlenkerte ihre großen runden Titten. Primo rutschte zwischen ihren Beinen durch und begann ihr den Arsch zu lecken. Sie stieß Primo weg und rückte dem Chinesen auf die Pelle, der eine Flasche Four Roses herumreichte.

Skinny hielt Flame mit ihren langen Beinen umklammert. Sie hatte die besten Beine östlich von Tucumcari. Skinny und Flame pumpten auf und ab mit dem weichen satten Geräusch von Kolben in einem Ölbad. Die Bande alberte herum, sie lachten, boxten sich in die Rippen, warfen sich die schäumenden Bierdosen zu.

Mr. Lee stand am Fenster und pimperte Fat Lilly in ihren saftigen Arsch. Sie fickte gern im Stehen. Der Chink bog seinen sehnigen Körper durch, und vor ihm wölbte sich dieses riesige Hinterteil. Es sah aus, als versuche er einen zentnerschweren Ballen Tuch zu stemmen. Lilly machte sich los und wälzte ihre träge Masse herum, und dann hatte sie seinen Schwanz im Mund, und er wühlte seine Hände in ihr schulterlanges blondes Haar und rieb sein spitzes Knie an ihrem Muff.

Flame kam von der Matratze hoch, schwitzend, mit glasigen Augen. Er stellte Tito ein Bein, und Tito landete auf Skinny. Sie riß ihm die Bierdose aus der Hand und goß sie sich über den Kopf. „Kommt her, ihr Motherfucker!“, schrie sie lachend. „Jetzt fang ich erst richtig an! Ich nehm euch alle ran, einen nach dem andern!“ Das rote Haar hing ihr in nassen Strähnen ins Gesicht, das Bier lief an ihr herunter, ihr weißer Körper glitzerte in der blau verqualmten Bude, durch deren Ritzen die kühle Nachtluft strich, und sie drängelten sich heran, hechelnd und spitz, und Tito kam, Moon und Heno, Paquito kam, Harry, Lucky, Sunny, Crimpo und Primo und Mondo, stöhnend, lachend, verrückt und umnebelt in ihrem wüsten Rausch.

In den Hinterhöfen brach sich der Lärm aus den Radios, von ferne drangen die Pfiffe der Lokomotiven herüber, die Nebelhörner der Schiffe im Hafen, in den Kneipen flogen die Gläser an die Wand, Schlägereien brachen aus, die Stimmen überschlugen sich, die Sterne gingen an und aus wie flackernde Neonreklamen, und Skinny nahm sie alle ran, nahm alles in sich auf, und ihr wildes ausgelassenes Lachen drang durch das Gewühl und Geschrei der zuckenden Körper und hallte hinaus in die endlose Nacht.

Der Typ aus Kansas

Benny stammte aus einer Kleinstadt in Kansas, die früher ein Kuhtreiber-Kaff gewesen war. Als er sieben war, starb sein Vater unter ungeklärten Umständen. Seine Mutter nahm dann eine Stelle als Haushälterin bei Mr. Annenberg an, der Bürgermeister der Stadt und reichster Mann am Ort war.

Die Wohnung lag über einem Friseurladen an der Hauptstraße, und Benny pflegte kleinere Jobs für den Friseur oder dessen Kunden zu erledigen, um zu ein bißchen Taschengeld zu kommen, denn seine Mutter konnte ihm keines geben. Seine freie Zeit verbrachte er am liebsten mit einigen jugendlichen Strolchen, die sich im Hinterzimmer ihrer Stammkneipe zum Billardspielen trafen. Er hatte eine sichere Hand und brachte ein gutes Spiel auf den Tisch. Was die Clique besonders an ihm schätzte, war seine Fähigkeit, manchen älteren unter den Tisch zu saufen.

In der Schule galt er als Sonderling. Ein Freak, der sich immer neue Tricks und Verrenkungen ausdachte, um den Girls unter den Rock sehen zu können. Insgeheim hatte er eine Schwäche für starke vollbusige Weiber mit dicken Ärschen.

Jeden Samstag fuhr er nach Wichita und stöberte schmierige kleine Buchläden nach gebrauchten Sexheftchen durch. Er kam jedesmal mit einem ganzen Sortiment nach Hause und schloß sich mit seinen Wichsvorlagen im Badezimmer ein. Die mit den französischen Illustrationen machten ihn besonders scharf.

In den letzten beiden Jahren an der Highschool brachte er es als ausgezeichneter Football-Spieler zum regulären Außenstürmer der Schulmannschaft. Er war ihnen zwar nicht recht geheuer, und manche hielten ihn sogar für schwul, aber er war als Außenstürmer einfach nicht zu ersetzen, also fanden sie sich wiederstrebend mit ihm ab.

Seine ersten sexuellen Erfahrungen sammelte er bei der Stadtnutte. In einem Autowrack am Blue Grass Hill, neben der Müllkippe. Lorraine hieß sie. Eine Nymphomanin, einsachtzig groß, mit langen Beinen und großen Titten. Benny's Problem war, daß es ihm kam, kaum daß er ihn richtig drin hatte. Sie kurierte ihn davon. Sie wichste und lutschte ihn erst einmal, ehe sie ihn drübersteigen ließ. Benny brachte seine erste richtige Nummer und war restlos zufrieden. Er lutschte ihr sogar noch die Pussy aus, ehe er ihr fünf Dollar in die Handtasche steckte und sich mit einem Gutenachtkuß von ihr verabschiedete. Danach traf er sich dann jeden Sonntagabend mit Lorraine, immer an derselben Stelle.

Benny war groß und kräftig, und äußerlich unterschied er sich in nichts von einem typischen Kerl vom Land. Aber er begann jetzt eine künstlerische Ader bei sich zu entdecken. Er begann zu zeichnen. Er zeichnete seine erotischen Träume und Phantasien.

Es war Frühjahr, als ihm Lenore über den Weg lief. Unter ihrem Rock blitzten verführerische schwarze Strapse auf. Er ging ihr auf der Hauptstraße nach. Sie drehte sich um und lächelte ihn an, und ihm wurde ganz anders. Sie redete nicht lange drum herum. „Weißt du ne Bude, wo wir hingehen können?“, sagte sie. „Das nicht“, sagte er, „aber ich weiß da draußen so'n altes Auto...“ Sie gingen in Richtung Blue Grass Hill. Benny kam fast ins Stolpern, so ein Ding hatte er vor sich stehen. Lenore erzählte ihm, daß sie aus Wichita kam. Sie war hier zu Besuch bei ihrer Kusine Alice.

Die Sonne ging gerade unter, als sie hinter der Müllkippe auf den Rücksitz des Autowracks kletterten. Lenore zog ihren Rock bis über die Hüften hoch und verpaßte Benny einen Zungenkuß. „Leck mir die Schenkel, du geiler Hund“, sagte sie und drückte ihm den Kopf runter. Benny sausten die Ohren, als er ihr mit der Zunge über die Schenkel fuhr. Sie hatte immer noch ihren Slip an. „Komm schon“, sagte sie, „nicht so lahm. Mach mich mal 'n bißchen naß!“ Benny züngelte und züngelte. „Weg da“, sagte sie jetzt. Sie drückte ihn zur Seite und zog sich lachend den Slip runter. „So, du Mother, jetzt freß mir die Möse leer.“ Benny wühlte sich zwischen ihre Schamlippen und verlor schier den Verstand. Endlich war sie zufrieden und ließ ihn ran zu einem ordentlichen Fick. Benny fand, daß es der größte Augenblick in seinem Leben war. Eine unglaublich heiße saftige Pussy, und es kostete keinen Pfennig.

Benny war verrückt nach Lenore. Er schrieb ihr glühende schwülstige Liebesbriefe. Er nannte sie seine Muse. Er sah sich jetzt keine Sexheftchen mehr an. Er brauchte nur an Lenore zu denken, und schon hatte er einen stehen. Alles drehte sich in seinem Kopf. Honcho, Macho, Pussy, Besäufnisse, Sonnenuntergänge, nasse Träume, Sternschnuppen, Motorradbanden bei Massenvergewaltigungen, Buletten und Rettiche und Apfelmus, Penner, Krüppel, berühmte Football-

Stars, Billard und Whisky, einarmige Armenier, heilige Kriege und Hotpants, Tom-Toms, Indianer, schwarze Unterwäsche, obszöne Stellungen, Sassafras, Maisschnaps und Marshmallows, Ärsche, Schenkel, Waden, Affen auf windgepeitschten Palmen, Geronimo. Wenn er sich eine Handvoll Weintrauben in den Mund stopfte, schmeckte er das Fruchtfleisch von Lenore's Pussy...

Benny zeichnete seine irren Strips, und durch Zufall wurde sein Zeug in San Francisco bekannt und erregte Aufmerksamkeit bei einigen Typen aus Texas und Kansas, die dort eine Clique bildeten und ebenfalls Comics zeichneten. Und als Lenore nach Frisco zog, fuhr er sofort hinterher.

Eines Tages erwischte er sie mit einem Chinesen im Bett. Er war außer sich. „Laß mich doch in Ruhe, du Arschloch!“, schrie sie ihn an. „Was willst du denn? Ich bin eben ne Nymphomanin!“

Benny lief durch die Straßen, Tränen der Wut in den Augen. Er fluchte und heulte vor sich hin. Er haßte sie, aber er kam nicht von ihr los. Dieses gemeine verdorbene Biest, dieses Luder mit den weißen Schenkeln und dem saftigen Muff. Die Brustwarzen, über denen sich ihre durchsichtige Bluse spannte, als er ihr das erste Mal begegnet war. Diese prallen Titten. Es machte ihn rasend, wenn er daran dachte, daß sie von fremden Händen geknetet und zerwühlt wurden. Und die Art wie sie ging, wie sie dahergestelzt kam, in diesem knappen Minirock aus Wildleder. Ihre blitzenden Augen in der Abenddämmerung.

Er trieb sich nachts vor dem Haus herum, in dem sie wohnte, er sah zu ihrem Fenster hinauf, er träumte von ihr, er hatte nasse Träume, er war besessen von ihr. Und sie machte sich rar, sie ließ ihn zappeln, sie erniedrigte ihn. Einmal lag sie nackt in der Badewanne, sie spielte an sich herum, träge, aufreizend, sie stichelte, sie machte ihn geil. Und dann sagte sie, er solle ihr die Zehen lutschen! Er war so kirre, daß er es wirklich tat, der arme Scheißer. Er rutschte auf den Knien herum und lutschte ihr die Zehen ab, einen nach dem anderen. Sie lachte ihn aus und sagte, er solle verschwinden, sie erwarte einen Typ, einen bedienten Kanaken mit Glatze und Tätowierungen.

Als nächstes zog sie um und ließ sich eine geheime Telefonnummer geben. Er mußte sich die Hacken ablaufen, bis er endlich ihre neue Adresse herausfand. Seine Besessenheit steigerte sich von Tag zu Tag. Immer wieder zeichnete er sie, mit ihrem aufreizenden Arsch, ihren prallen Titten, ganze Notizblöcke voll. Eines Abends kletterte er bei ihr übers Dach und versuchte durchs Fenster einzusteigen und brach sich dabei den Arm. Sie war nicht einmal zuhause, wie sich herausstellte.

Die Verbitterung fraß an ihm. Er steigerte sich in wüste Phantasien hinein. Sie war eine geile Hexe, die es darauf anlegte, ihn bis zur Weißglut zu reizen und in den Wahnsinn zu treiben. Die Erinnerung an die aufregenden Nächte mit ihr waren wie ausgelöscht. Er sah nur noch diese Szene im Badezimmer vor sich. Immer wieder rollte es vor seinen Augen ab. Es glühte in seinem Hirn wie ein frisches Brandmal. Er ekelte sich vor sich selbst.

Spät abends paßte er sie ab, als sie gerade aus dem Haus kam. Er würgte sie, bis sie halb ohnmächtig war. Dann schleppte er sie auf den Rücksitz seines Wagens, band ihr die Hände auf den Rücken und knebelte sie. Er fuhr die Folsom Street hinunter, zu den Trümmergrundstücken südlich der Market Street.

Er warf sie auf die Erde, schlug auf sie ein, spuckte ihr ins Gesicht. „Du widerliches Stück Scheiße!“, schrie er mit überschnappender Stimme. Sie wälzte sich verzweifelt hin und her, kickte mit den Beinen. Er trat sie in die Rippen. Er packte sie an den Haaren und rieb ihr das Gesicht in den Dreck.

Er vergaß alles um sich herum. Eine Weile lag er keuchend auf ihr. Sie gab nur noch schwache halb erstickte Laute von sich. Dann fuhr er hoch, sah auf sie herunter, es durchfuhr ihn wieder, wie ein eisiger Stromstoß. Er riß ihr die Kleider herunter. Mechanisch leckte er ihr über die weißen Schenkel. Wie beim ersten Mal. Es kam ihm vor, als habe sie es gerade wieder gesagt. Dann fickte er sie, sein Gesicht dicht über ihrem, aber er sah nicht den Knebel in ihrem Mund, die geschlossenen Augen, den schwarzen Dreck auf ihrer Haut, die blutende Nase, er sah nichts, er hörte auch nicht ihr schwaches Stöhnen, er hörte nur noch sich selbst, er hörte sich keuchen, und er hörte sich sagen „Steck es ein, du Miststück", als rede er mit sich selbst.

Er ging durch die nächtlichen Straßen. Ein paar späte Zecher waren noch unterwegs. Ecke Sixth Street und Mission stolperte er über die Beine eines Betrunkenen, die aus einem Hausflur herausragten. Er hätte ein gewöhnlicher nichtssagender Typ sein können wie tausend andere, ein Kerl vom Land, irgendwo aus dem Mittelwesten, und vielleicht war er es auch. Leicht schwankend, ein bißchen verdreckt. Naja, das Übliche. Mit Schlagseite aus der letzten Kneipe gewankt und ein paarmal in die Gosse gefallen. Schien sich jedenfalls amüsiert zu haben. Sang halblaut so etwas vor sich hin.

Er sang vor sich hin, ohne es zu merken. Seine Lippen bewegten sich automatisch. 'Roses are red my dear, violets are blue. Tell me sweet baby dear that I love you...'

Er blieb vor einer alten Absteige stehen. Über dem Eingang brannte eine schwache Funzel. Er starrte die bröckelnde Fassade an. Dann stolperte er weiter. Ein Song kam ihm in den Kopf, den er einmal in Frankreich gehört hatte, als er dort stationiert war. Von einem Typ, der auf einem U-Boot fuhr. Er ging durch die ausgestorbenen Straßen und summte die sinnlosen Worte vor sich hin...

The submarines went over the top parley vous
The submarines went over the top parley vous
The submarines went over the top
Inky dinky parley vous.

Scarlet

Scarlet war siebzehn, schlank, schön wie ein Engel, ging mit lässigen geschmeidigen Bewegungen die Straße lang, in einem hautengen Kleid und Stöckelschuhen, trug seidene Unterwäsche, benutzte einen eleganten rubinroten Lippenstift und war männlichen Geschlechts. Scarlet war eine Queen. Oder wie man in dem weißen Elendsviertel, aus dem er kam, zu so etwas sagte: eine Tunte.

Scarlet war überzeugt, daß er bereits als Queen auf die Welt gekommen war. Schon als Kind hatte er eine Vorliebe für Mädchenkleider, fühlte sich immer zu älteren Jungen hingezogen und später zu Männern. Wenn er an einen männlichen Typ mit einem steifen Schwanz dachte, vergaß er vollkommen, daß er selber einen hatte. Mit elf bekam er zum erstenmal Gelegenheit, einen zu lutschen: den von Freddy. Es machte Spaß, es war aufregend. Besonders, als es Freddy kam. Sein Schwanz zuckte und schlingerte in Scarlet's Mund. Und er spritzte. Und was er spritzte, schmeckte sogar gut.

Die Arbeiter und Handwerker, die Kumpels von Scarlet's Vater, hatten einen Slang-Ausdruck dafür: Blowjob. Viele von ihnen waren durchaus scharf darauf. Es verschaffte ihnen einen besonderen Kitzel. Es war pervers, irgendwie faszinierend. Mit ihren Ehefrauen, falls sie überhaupt dazu zu bringen waren, war es lange nicht so gut. Nicht einmal mit Nutten, und wenn sie es noch so gut brachten. Eine Schwuchtel, die den Bogen raus hatte, war etwas Besonderes. Und Scarlet lernte, wie man es perfekt brachte. Wie ein geiles Jojo.

Für eine Welt, in der 'macho' großgeschrieben wurde, war Scarlet eine Mißgeburt. Als Tunte war er Freiwild, nicht einmal in einer Damentoilette war er sicher, aber in seinem Inneren wußte er, daß er eine Lady war. Und er wollte sich auch wie eine benehmen. Er trimmte sich, er übte den dezenten Augenaufschlag, zierliche Gesten mit den Händen, die richtige Beinstellung beim Sitzen... er wollte mindestens so gut werden wie die Ladies, die eine Schule für höhere Töchter absolviert hatten.

Mit fünfzehn war Scarlet aus dem Slum in Oakland abgehauen. Sein Vater malochte als Lagerarbeiter, stand auf Hillbilly-Musik, soff sich mit Bier voll und krakeelte herum. Seine Mutter Lulu war von einer Krankheit verkrüppelt, ging fleißig in die Kirche und las begierig Horoskope. In der Nachbarschaft sah man mitleidig auf sie herab und ging davon aus, daß sie einen leichten Dachschaden hatte.

Für Scarlet war bis dahin alles gut gegangen. Er trieb es meistens mit wildfremden Typen, draußen am Stadtrand. Da kam nie etwas heraus. Er verknallte sich in einen jungen Schwulen aus Frisco, der in der Polk Street ein eigenes Apartment hatte. Lenny hieß er. Sie kauten sich gegenseitig ab und schenkten einander schicke Kleider, die sie gestohlen oder in Secondhand-Shops billig erstanden hatten. Hin und wieder warfen sie sich auch mal in Schale und gingen zusammen aus, aber immer nur in San Francisco.

Dann, eines Tages, war es zum großen Knall gekommen. Auf der Schultoilette hatte ihn Mr. Pacard, der Biologie-Lehrer dabei überrascht, wie er es gerade einem Freund besorgte. Mr. Pacard war so außer sich geraten, daß er Scarlet den Kopf in die Kloschüssel reindrückte. Und ab gings, zum Direktor. Die Eltern wurden herbeizitiert. Schweigend hörte sich Scarlet das Geschrei und die Beschimpfungen an.

Für seine Eltern brach eine Welt zusammen. *Ihr* Sohn sollte schwul sein? Ein Freak, ein Schwanzlutscher, ein Picadilly, eine Tunte? Ein gottverfluchter *Homo?* Ausgerechnet sie sollten eine Schwuchtel in die Welt gesetzt haben? Sie als wohlanständige stocknormale amerikanische Kirchgänger und Hillbilly-Fans?

Scarlet hatte sich umgedreht und war weggerannt. Oakland, dieser dumpfe Schutthaufen, war kein Platz für einen sommersprossigen Engel mit kastanienbraunen Haaren.

Jetzt lebte er schon seit zwei Jahren mit Lenny zusammen. Lenny hatte eine fantastische Garderobe. Wandschränke voller Träume. Blaue und grüne und rosarote Slips, Schals, Strumpfgürtel in schwarz und weiß und goldbraun, Hot Pants in sämtlichen Regenbogenfarben, lange elegante Abendkleider. Teure modische Stöckelschuhe von Frederick's. Ein unglaubliches Sortiment von Hüten, Parfums und Halsketten, Rouge, Puder; falsche Wimpern, Lippenstifte und Nagellack; schmale Gürtel aus Krokodilleder, fleischfarbene Seidenstrümpfe, Perücken.

Scarlet mußte unbedingt zu Geld kommen. Er wollte sich auch solche Sachen leisten können. Er hörte von einem Rastplatz in der Wüste, wo Fernfahrer hinkamen, die es sich gern von Tunten machen ließen.

Ein Truck Stop in der kalifornischen Wüste. Eine lange Reihe von Lastwagen und Sattelschleppern. Die Fernfahrer warteten auf Scarlet, den verdorbenen Engel mit dem lavendelfarbenen Seidenfähnchen. Scarlet machte sie alle durch, in der Schlafkoje hinter dem Fahrersitz, jeder kam an die Reihe und kriegte einen geblasen, bis er jodelte. Und Scarlet kassierte ab. Neunhundert Dollar in einer einzigen Nacht.

Scarlet kam groß ins Geschäft. Er kaufte sich von dem Geld die verrücktesten Klamotten und teilte den Rest mit den Queens aus seiner Clique. Sie leisteten sich die teuersten Plätze im Winterland und Fillmore, um Janis und Jimi zu hören, und sie tanzten ganze Nächte durch.

In der Central Station gab es einmal eine Razzia auf Nutten. Die Bullen griffen sich auch Scarlet und steckten ihn gleich mit den anderen in die Grüne Minna. Scarlet war stolz auf sich. Sogar Betty Boop wäre stolz auf ihn gewesen.

Auch Harold fiel darauf herein, als er das erste Mal von Scarlet geblasen wurde. Er stöhnte und furzte vor Lust. Er glaubte, es handle sich um eine Nutte. Harold war ein Bulle von einem Kerl, einer der größten Schreihälse unter den Fernfahrern, er war sogar irgendwas in der Gewerkschaft, und im Oakland Stadium dirigierte er immer das Beifallsgeschrei der Fans. Aber ansonsten war er reichlich beschränkt. Später, als Scarlet seine Nachtschicht beendet hatte, machten sich die Boys einen Spaß daraus, Harold darüber aufzuklären, daß er es in Wirklichkeit mit einer Tunte getrieben hatte. Harold bekam einen Tobsuchtsanfall.

Na, in acht Tagen würde er hier wieder durchkommen. Dann würde er es dieser verschissenen Tunte zeigen...

Es war schon nach Mitternacht, als Scarlet am Truck Stop erschien. Im ersten Fernlaster saß Harold the Horse und kaute auf einem Zigarrenstummel herum. „Tach, Harold", sagte Scarlet mit seiner rauchigen Stimme und strich dem fetten Stinker mit der flachen Hand über den Hosenlatz. Harold spuckte den Zigarrenstummel aus. „Du gottverdammte Scheißschwuchtel!", brüllte er. Er drosch mit beiden Fäusten auf Scarlet ein, würgte ihn, schlug ihm den Kopf ans Armaturenbrett, riß ihm die Kleider in Fetzen. Dann zerrte er ihn nach hinten in die Schlafkoje, riß seitlich am Fahrersitz ein

Stemmeisen aus der Halterung und schlug ihm damit den Schädel ein.

Die Boys vertrieben sich weiter hinten mit einem Saufgelage die Zeit. Keiner sah, wie Harold aus dem Fahrerhaus kletterte, wie er mit einer Schaufel in der Hand und einem leblosen Körper über der Schulter in die Wüste stapfte und anfing ein Loch zu graben.

Ich werde mich immer an Scarlet erinnern, diese unirdische Sumpfblüte aus den Slums von Oakland, wie sie bei Nacht herauskam, strahlend, verwirrt und unschuldig, wie sie sich durch die Folsom Street schlängelte, wie ihr bleiches Gesicht in der Dunkelheit verschwand.

Sweet Elenor

Elenor war ein dickes Mädchen in der Bronx. Sie saß immer allein in ihrem Zimmer und grämte sich, weil sie so dick war und keiner mit ihr ausgehen wollte. In der Nähe war ein Park, wo jeden Abend die Pärchen hingingen. Elenor saß am Fenster und sah ihnen nach und kämpfte gegen die Tränen an.

Josie, die Tochter des Hausmeisters, der ständig besoffen war, ging auch immer hin. Sie freundete sich mit Elenor an und redete ihr gut zu. Einen Typ zu kriegen, sagte sie ihr, sei die einfachste Sache von der Welt. „Werd mich mal nach einem umsehen, mit dem ich dich verkuppeln kann", sagte sie.

Josie war eine heiße Nummer. Sie hatte einen Freund, Abie hieß er, von dem sie in den höchsten Tönen schwärmte. Er konnte so herrlich grob und ordinär sein. Für zärtliches Getue war Abie nicht zu haben. Er kam sofort zur Sache und sprang so richtig ruppig mit ihr um. Josie stand auf so etwas.

Am nächsten Abend schaute sie bei Elenor herein und sagte: „Auf gehts. Ich hab einen." Murray. Ein Freund von Abie. Elenor bekam ein mulmiges Gefühl. Sie war noch Jungfrau. Es war wirklich zu blöde, aber sie hatte es noch nie getrieben, und jetzt war es plötzlich soweit und sie wußte nicht, wie sie sich anstellen sollte.

Sie kamen in den Park, und Abie und Murray standen unter den Bäumen und knufften sich gegenseitig in die Rippen. Elenor wurde Murray vorgestellt, und der machte keine langen Umstände und hängte ihr sofort seine Zunge in den Mund. Abie verschwand mit Josie in den Büschen.

Elenor dachte an die langen Nächte, in denen sie wachgelegen und davon geträumt hatte. Und jetzt hatte sie wirklich einen Kerl zwischen den Fingern, und was für einen leidenschaftlichen! Er langte ihr zwischen die Schenkel und rieb ihr die Möse. Sie bekam weiche Knie, und im nächsten Augenblick lagen sie beide im Gras, und Elenor spürte ein Sausen in den Ohren und vergaß alles um sich herum und zog sich mit hastigen Bewegungen die Kleider aus. Murray steckte ihn bei ihr rein, und es war unglaublich gut. „Mehr", stöhnte sie, „mehr!" Murray kam in Fahrt. „Ah, ist das gut!", keuchte sie. „Mach mirs, Murray! Mach mirs!..."

Den ganzen Sommer gingen Elenor und Josie zusammen in den Park und fickten sich durch die Nächte. Typen riefen nun bei Elenor an und verabredeten sich mit ihr. Es machte ihnen überhaupt nichts aus, daß sie dick war. Hauptsache, sie ließ einen ran und machte keine Zicken.

Allmählich fand sie es im Gras nicht mehr so gut. Scheiße,

da gab es Ameisen, oder so ein mistiger Borkenkäfer zwickte einen im unpassenden Augenblick, und außerdem konnte man sich leicht erkälten.

Johnny hatte ein Auto, und auf dem Rücksitz von so einem Auto war das gleich eine ganz andere Sache. Das hatte mehr Stil, und Ameisen hatten da drin keine Chance.

Elenor wußte jetzt, was sie wert war. Sie hatte dralle Titten und den größten Arsch in der ganzen Gegend, und eine Menge Jungs wußten das zu schätzen. Aber wenn einer kein Auto hatte, blitzte er ab.

Sie konnte sich kaum noch vorstellen, wie es gewesen war, als sie noch allein am Fenster gesessen hatte, einsam und verklemmt und unbefriedigt. Sie konnte jeden haben, den sie wollte. Sie war heiß, und sie wollte es, und wenn es vorbei war, wollte sie noch mehr.

Es für Geld zu machen, kam ihr nie in den Sinn. Sie hatte einen Job als Sekretärin, und sie sparte ihr Geld und kaufte sich hin und wieder ein neues Kleid von der Stange. Sie war ein anständiges Mädchen. Vielleicht würde sie sich bald auch ein eigenes Auto kaufen können, auf Raten.

Wenn sie durch die Straßen ging, pfiffen die Typen hinter ihr her. Viele von ihnen hatten es schon mit ihr gemacht. Sie war bekannt. Manchmal ging sie in Kneipen und zog sich den einen oder anderen griechischen Matrosen an Land, zur Abwechslung. Sie kannte keine einsamen Abende mehr.

Aber manchmal wurde sie immer noch traurig. Sie wollte ein Auto, aber das Geld reichte immer noch nicht. Sie wollte einen Kerl fürs Leben, aber es war weit und breit keiner zu sehen. Sie dachte daran, wie leer ihr Leben war. Sie war ein dickes Weib, das man stemmte und mit einem Klaps auf den Arsch wieder wegschickte. Manchmal kam sie sich so nutzlos vor wie eine verquollene Matratze beim Sperrmüll.

O Sweet Elenor.

3 Würfe – 50 Cents

Jim White war mit 15 von zuhause ausgerissen und schlug sich seither mehr schlecht als recht durch. Er war verstört und gehemmt und fand nirgends Anschluß. Und es war schwer, einen Job zu bekommen. Er war ein mißtrauischer Einzelgänger und hatte einen Knacks seit seinem zwölften Lebensjahr, als ihn eine Bande von älteren Kids auf dem Basketball-Platz der Schule an einen Pfosten gebunden und ausgepeitscht hatte.

Er hatte sich einige Zeit im Süden herumgetrieben, und jetzt hatte es ihn nach Kalifornien verschlagen. Er kam nach Pomona, wo sie gerade einen großen Jahrmarkt hatten. Jim ging zu Charlie Shaw, dem die meisten Schaustellerbuden auf dem Jahrmarkt gehörten. „Mister", sagte er, „ich brauch dringend 'n Job".

Charlie ging mit ihm in eines der Zelte und gab ihm einen Gummianzug zum Anprobieren. Der Anzug paßte. Shaw sagte, für den Job gebe es 5 Dollar pro Abend.

Sie hatten ein großes Becken voll Wasser, und darüber hing ein Drahtkäfig mit so einer Art Klappstuhl drin. Der Käfig war über eine Leiter zu erreichen. An zwei Pfählen, die aus dem Wasser ragten, hing eine kleine Schiffsglocke, auf die ein schwarzer Kreis aufgemalt war.

Jim kletterte in den Käfig und setzte sich auf den Klappstuhl. Die Menge drängte sich heran. „3 Würfe – 50 Cents" stand auf dem Schild.

Ein korpulenter froschgesichtiger Mensch knallte 50 Cents auf den Tisch und griff sich drei Bälle. Der erste ging vorbei. Der zweite traf die Glocke am Rand, aber nichts tat sich. Der dritte landete auf dem schwarzen Kreis. Die Glocke schwang nach hinten und schlug an. Im gleichen Augenblick klappte der Stuhl mitten auseinander, der Drahtkäfig ging unten auf und Jim fiel aus drei Meter Höhe ins Wasser. Die Menge johlte.

„Besorgs ihm nochmal!", schrie ein Kerl mit einem Strohhut auf dem Kopf.

Jim kletterte aus dem Becken, schüttelte sich das Wasser aus den Haaren und stieg wieder hinauf. Der Gummianzug war alt und nicht mehr ganz dicht. An einigen Stellen kam Wasser durch. Jim fröstelte. Er fluchte vor sich hin. Es war ein Scheißjob, auf diese Art sein Geld verdienen zu müssen. Das schwarze Gummi klebte an seiner Haut. Er sah aus wie ein nackter Nigger.

Ein vierschrötiger Farmer warf jetzt seinen halben Dollar auf den Tisch und ließ sich drei Bälle geben. Der erste ging daneben. Mit dem zweiten traf er. Jim fiel aus dem Käfig und knallte aufs Wasser. Die Menge war begeistert. „Ersäuf den Bastard!", schrien sie.

Jim stieg aus dem eiskalten Wasser. Seine Zähne klapperten. Die Gesichter der johlenden Menge verschwammen vor seinen Augen. Er sah sie wie durch einen Schleier. „Nicht so lahm!“, grölte der Farmer. „Ich hab noch ’n Ball!“ Die Menge brach in Gelächter aus.

Der Farmer traf auch mit seinem dritten Ball. Jim fiel ins Wasser. Die Meute ringsum brüllte Beifall. Sie schlugen dem Farmer auf den Rücken, feuerten ihn an. Er machte gleich nochmal 50 Cents locker.

Jim fror inzwischen erbärmlich. Verzweiflung kroch in ihm hoch. Er hatte nicht gedacht, daß der schwarze Kreis so leicht zu treffen war. Er überlegte sich, ob er aufgeben sollte. Nein, es ging nicht. Er brauchte das gottverdammte Geld.

Der Farmer traf und traf. Es sprach sich herum. Die Menge wurde immer größer, geriet immer mehr außer Rand und Band. Sie ließen den Farmer hochleben. Andere wollten jetzt auch mal ran, sie gerieten mit dem Farmer und seinen Fans aneinander. Schlägereien brachen aus. Jim hoffte auf eine Verschnaufpause. Aber schon hatte sich einer durchgesetzt, und es ging weiter...

Jim fiel ein ums andere Mal ins Wasser. Die Meute raste. Jim fluchte, schrie ihnen in die verzerrten Gesichter. Sie trieben ihn mit Tritten zurück auf die Leiter. Alles drehte sich in seinem Kopf. Er wankte. Einmal schaffte er es nicht mehr, über den Rand des Beckens zu klettern. Sie zogen ihn heraus. Jemand hielt ihm eine Flasche Whisky unter die Nase. Das Wasser stank jetzt nach Bier und Zigarrenkippen und Kotter. Noch einmal in den Käfig. Noch einmal ins Wasser. Jim verlor das Bewußtsein. Zwei Jungs fischten ihn heraus.

Die Reihen rings um das Becken hatten sich gelichtet. Weitere wandten sich jetzt zum Gehen. Die Show war gelaufen. Einige hatten Wetten abgeschlossen, wie oft der Typ da ins Wasser fallen würde. Die Gewinner kassierten ab.

Der Anreißer stand auf dem Tisch und fuchtelte mit den Armen. Laut kündigte er an, es gehe sofort weiter. Neuer Einsatz, neues Spiel.

Sie hatten einen Ersatzmann. Die beiden Jungs schleppten Jim ins Zelt, zogen ihm den Gummianzug aus, und der Ersatzmann stieg rein.

Jim war blau am ganzen Körper. Sie legten ihn in eine Ecke und warfen zwei oder drei Decken über ihn. Einer zog einen Flachmann voll Whisky aus der Tasche. Er gab Jim leichte Schläge auf die Backen. Er versuchte, Jims Zähne auseinander zu kriegen. Es ging nicht. Er ließ es sein und ging wieder raus.

Der Mann vom Tisch sah kurz herein. Er hatte fünf Dollar in der Hand. Er sah Jim an und steckte das Geld wieder ein.

Eine alte Absteige in Chicago

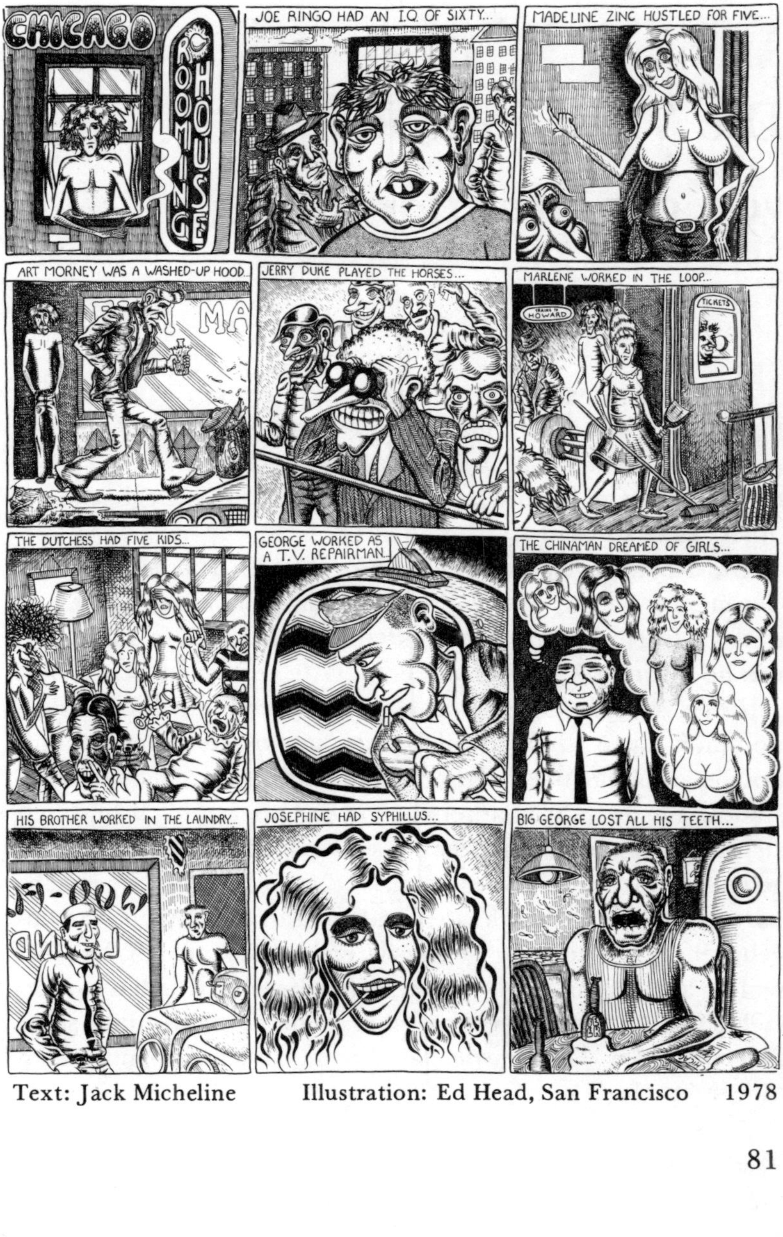

Text: Jack Micheline Illustration: Ed Head, San Francisco 1978

Die Verschollenen von der Frontier Street

Ich sehe es vor mir, als sei es erst gestern gewesen. Da hockte ich in dieser dürftig möblierten Bude in Chicago, einem winzigen Loch für 6 Dollar die Woche, und schrieb Gedichte wie ein Wahnwitziger. Und in der Tasche hatte ich noch ganze 25 Cents...

Die Absteige lag in der Nähe der North Halstead Street. Gegenüber hauste mein Freund Benny in einer Mansarde unterm Dach. Benny war ein kleiner drahtiger Kerl und hatte nur noch einen Arm. Den anderen hatte er im spanischen Bürgerkrieg verloren, an dem er als 17jähriger Freiwilliger teilgenommen hatte. Er war ein Junkie, schon seit vielen Jahren, und er war ein begabter Zeichner und Maler. Man sah ihn ständig an irgendwas arbeiten, er war unermüdlich und ließ sich durch nichts entmutigen. Es konnte ihm noch so dreckig gehen – im Vergleich zu dem, was er schon durchgemacht hatte, war es ein Klacks. Sein Glaube an das Leben war ungebrochen, er strahlte geradezu einen unbändigen Lebenswillen aus. Wenn er lächelte, verbreitete sich ein unwiderstehlicher magischer Glanz über sein Gesicht, und seine Augen sangen. Genau wie das Piano, das er einhändig zum Singen brachte.

Er hatte einen guten Bekannten namens Ken, der älter war als wir beide und in der Frontier Street ein großes Atelier hatte. Dort wohnte Ken zusammen mit seinem schwachsinnigen Bruder Harold und seiner Mutter Jenny, einer alten Mestizin. Es war da unten am Ende der North Avenue, in einer armseligen Gegend mit Negern und Indianern, weißen Pennern, Griechen, Italienern und Polacken, und dazwischen ein paar Ungarn und Juden.

Das Atelier war Treffpunkt für junge Künstler, die sich für die verschiedenen Maltechniken interessierten, die Ken im Laufe der Jahre entwickelt hatte. Ken und seine Leute hatten nie Geld. Sie lebten von Pillen und Alkohol, überall lagen Bierflaschen herum, und sie brachten kaum die Miete zusammen. Sie waren immer im Rückstand, und der Hausbesitzer trat ihnen auf die Zehen und drohte mit Zwangsräumung. Was für eine ständig überreizte Atmosphäre sorgte und einer kreativen Tätigkeit nicht gerade förderlich war.

Jenny war Tag und Nacht besoffen und schrie nach mehr Bier. Harold war ebenfalls Alkoholiker. Er bettelte sich die nötige Münze auf der Straße zusammen. Ken rackerte sich ab und konnte von Glück sagen, wenn es ihm gelang, einmal im Monat ein kleines Bild zu verkaufen.

Benny hatte ein paar Leute, die seine Bilder sammelten, aber mehr als ein Trinkgeld bekam er nicht dafür. Es reichte nie für den Stoff, den er jeden Tag brauchte, um über die Runden zu kommen. Um nicht stehlen zu müssen, war er ständig auf der Suche nach Gelegenheitsjobs.

Ken und Benny, zwei ehrliche Hungerleider, die sich wegen ein paar lausiger Dollars herumplagten mit dieser steinharten Nutte von einer Stadt. Eine Stadt, die so korrupt war, daß man sie schon wieder ehrlich nennen mußte...

Sie konnten nie nein sagen, wenn ihnen verkrachte Typen auf die Bude rückten und sich bei ihnen durchschnorren wollten. Die kleinen griechischen Restaurants von der North Side waren voll von Junkies und Tramps und Anschaffern aus allen Teilen des Landes, die in der Steinwüste gestrandet waren. Viele wollten nur mal Station machen, sich mal umsehen, aber sie kamen nicht mehr heraus, sie blieben hängen und verreckten irgendwann. Andere drehten irgend ein kleines Ding und ließen sich absichtlich dabei erwischen, damit sie im County Jail überwintern konnten und nicht in der gnadenlosen Kälte vor die Hunde gingen.

Wenn man eine eigene Bude hatte, fand man nie seine Ruhe. Bei Benny hingen ständig die Junkies herum und nervten ihn mit ihren Horrorgeschichten, von wegen sie seien gerade mal wieder von einem Pusher gelinkt worden. Sie klauten ihm seinen Stoff, und wenn kein Stoff zu finden war, schleppten sie ihm die Notizblöcke und Bleistifte und Malfarben weg und verhökerten sie. Sie waren restlos verhärtet und versaut, unempfindlich für jede menschliche Regung. Im Sommer konnte er sie nachts wenigstens aufs Dach ausquartieren. Da saßen sie dann und spielten Flöte.

Ken und Benny waren die Ausnahme. Sie verhärteten nicht. Mit einem Lächeln gaben sie alles her, was sie hatten. Und sie arbeiteten weiter, auch unter den schlimmsten Bedingungen. Zwei abgerissene, auf den Hund gekommene Heilige, die über sich selbst hinauswuchsen in diesem menschenfressenden Dschungel namens Chicago. Der Kampf in diesem Dschungel war ohnehin hoffnungslos, er konnte nicht gewonnen werden.

Ken stand mitten in seinem verwüsteten Atelier, mit einem strahlenden irren Lächeln im Gesicht, während Jenny mit überschnappender Stimme nach Geld schrie. Geld für Pillen und Bier und Fressalien. Jenny war ein Genie. Mit der letzten Energie, die sie ihrem geschundenen schmächtigen Körper ausquetschte, schuf sie märchenhafte primitive Bilder. Aber sie pfiff schon auf dem letzten Loch und war nörglerisch und unausstehlich, wenn sie nichts zu saufen bekam. Das Lächeln war ihr schon längst vergangen.

Harold war eine Figur aus einem Chaplin-Film. Er war so behämmert und kaputt, daß er Mühe hatte, sich seine zwei Dollar pro Tag für Bier und Zigaretten zu erbetteln. Ken machte gelegentlich schlecht bezahlte Dreckarbeiten, damit es wenigstens fürs Essen reichte, und für eine Handvoll Pillen, mit denen man sich wieder aufputschen konnte.

Er war eine Seele von einem Menschen und ein großer Künstler, aber er hatte sich ein bißchen zuviel auf die Schultern geladen. Die Anerkennung, wenn sie einmal kam, würde zu spät kommen.

In der Woche, als ich endgültig pleite ging, hatte Benny ein Feuer in seiner Mansardenwohnung. Einer von seinen Junkie-Freunden hatte durchgedreht und die Bude angezündet. Benny verlor seine ganze Habe. Er zog zu seiner Freundin Ellen, am anderen Ende der Stadt.

Da saß ich also mit meinen letzten 25 Cents in der Tasche und schrieb ein Gedicht über eine Indianerin, die ich in einer Imbißbude an der Halstead Street gesehen hatte. Als ich das Gedicht fertig hatte, kriegte ich die Motten. Es trieb mich hinaus in die Straßen. Irgendwann landete ich unten in der Oak Street, und dann ging ich am Ufer des Lake Erie entlang. Ein toter Vogel trieb auf dem öligen Wasser. Es war Spätnachmittag, die Sonne brannte herunter, die Schleppkähne tuckerten den Lake Erie hinauf nach Detroit, der Feierabendverkehr dröhnte über den Lake Shore Drive. Und die Güterzüge rumpelten in Richtung Westen. Ich war high, es hatte mich mal wieder gepackt, ich mußte wieder los, auf Trebe.

Als ich zurück in meine Bude kam, stand der Hauswirt da und verlangte die Miete. Er jammerte mir was vor von seiner Alten, die im Krankenhaus lag und operiert wurde, und das koste alles ein Heidengeld. Nächste Woche, sagte ich. Er wollte nichts davon hören. Er wollte meinen einzigen warmen

Mantel, als Sicherheit. Da platzte mir der Kragen. Ich schrie mit ihm herum, bis er aufgab. Fluchend schlurfte er draußen durch den Flur und haderte mit seinem Schicksal, das ihm immer wieder Strolche und Landstreicher wie mich aufhalste.

Ich packte meinen Kram und klemmte mir den Pappkoffer unter den Arm und machte mich auf die Socken. Ich schaute bei der Lady von der Shaw Society rein, die noch in ihrem Büro saß. Sie pumpte mir 5 Dollar. Damit trampte ich los, Richtung North Carolina und Kentucky. Ich nahm mir nicht einmal die Zeit, mich von Benny oder Ken und Harold und Jenny zu verabschieden. Ich wollte nur noch los, raus aus dieser Stadt.

Von Bekannten aus der alten Clique erfuhr ich einige Zeit danach, daß Jenny in einem Indianer-Reservat irgendwo in Wisconsin gestorben war. Harold war im Irrenhaus gelandet, Ken in Colorado verschollen. Das Atelier stand leer, die Bierflaschen lagen herum, und der eisige Wind vom Lake Erie fegte herein. Die Junkies irrten druch die Straßen. In den Kneipen soffen sich die Hunkies und die Polacken und Neger und Mestizen und Griechen um den Verstand, und Chicago drehte in der Samstagnacht wieder einmal durch wie ein Affe im Käfig.

Benny lag wieder auf der Straße und strich gelegentlich einen Gartenzaun, draußen in einer Siedlung im Stadtrand. Und wenn er in eine Kneipe kam, wo ein Piano stand, spielte er Mussorgski mit seiner einen Hand. Oder er kletterte in irgendeiner Absteige aus dem Fenster und hockte auf der Feuerleiter und sang alte Kampflieder aus dem spanischen Bürgerkrieg. Ich sah ihn vor mir, mit seinem entrückten Lächeln, wie er die ganze Stadt umarmte, die im Schüttelfrost und Fieberwahn dalag unter dem kalten Schweigen der Sterne.

Die Straßen der heiligen Huren und Träumer

Mein Finger steckte in Angelas Möse, als ich sie auf der Achterbahn von Coney Island küßte. Ich war ein frischgebackener Rekrut in der U.S. Army, und Angela war eine heißblütige Sizilianerin mit schwarzen Haaren und großen dunklen Augen. Ich hatte sie am Anlegesteg kennengelernt. Es war Sommer, der Krieg war gerade aus, und diese Arschlöcher hatten nichts besseres zu tun, als mich gleich mal in eine Uniform zu stecken und für den nächsten zu drillen...

Weiter hinten gab es einen kleinen Park. Als es dunkel wurde, gingen wir hin und machten es im Gras, und dann lagen wir auf dem Rücken und sahen zu den Sternen hinauf.

Ich war in der Archer Street aufgewachsen, in der East Bronx. Es hätte ein Teil von Dublin sein können – überall hallten irische Shanty-Dialoge durch die Straßen. Kinderreiche Familien drängten sich in viel zu kleinen Mietwohnungen, die Kids rannten fast die ganze Zeit draußen herum und verwilderten, keiner hatte Zeit, sich um sie zu kümmern. Wir spielten Stickball und Football und Softball und Ringoliveo, und im Winter machten wir Schneeballschlachten auf den Dächern. Die alten Apartementhäuser lehnten sich aneinander, der Putz bröckelte von den Wänden, und Mike Quill war der Held der Arbeiterklasse.

Draußen dehnte sich endlos das weite amerikanische Land und wartete auf neues Blut, auf neue Wilde, die es durchstreifen würden. Und sie kamen, und einer von ihnen tanzte morgens um 5 in Warren/Ohio die Straße runter, und hinter den letzten Häusern waren die Gleise und er erwischte prompt einen Güterzug nach Westen, nach Kalifornien, zum Pazifik.

Hinter dem Rangierbahnhof von Sacramento steht eine alte verlotterte Kneipe, wo früher mal der Marktplatz war, da drin hängen vergilbte Fotos von Boxern an den Wänden, die einen jedesmal anstarren, wenn man sein Bierglas ansetzt. Die stummen Erinnerungen, das verstummte Gebrüll der Menge, das lautlose Klatschen der Boxhandschuhe im Ring vor vielen Jahren...

Lady Blue mit ihrem weißblonden Haar in der Coffee Gallery von San Francisco, wo sie ihre Gedichte las und sang. Blaues Kleid, blauer Hut, blaue Strümpfe, blaue Unterwäsche, kein BH. Es sei ihr erst ein einziges Mal in ihrem Leben gekommen, erzählte sie mir. So zerbrechlich, und so gehetzt. Seit Jahren zigeunert sie durch ganz Amerika.

Und Jeanie mit ihrem kernigen Südstaatler-Gesicht aus Georgia. Sie lebt in dem Wahn, daß ihr Schicksal vom Mond bestimmt wird und findet überall verkannte Genies, denen sie eine Liebe gibt, wie sie nur die Erde kennt.

Kirby Doyle in den Bergen von Northern California. Don Martin in Guadalajara. Stu Perkoff, immer noch im Gefängnis. Garibaldi steigt von seinem Steinsockel und latscht über den Washington Square davon.

Franz Kline, der Ecke 14th Street und Third Avenue den Motor abwürgte und hinterm Lenkrad saß und nur noch lachte. Er lachte oft stundenlang, und wenn er nicht mehr lachen konnte, lag er Bob Donlin in den Armen und schluchzte. Keine Schande, wenn ein Mann einen anderen liebt.

Die Nacht in Saratoga Springs, wo ich auf der Trabrennbahn meine letzten Kröten am Wettschalter verspielt hatte und mit den Verlierern vom Platz ging, einfach drauflos, überwältigt und geschafft, lachend, singend, Tränen in den Augen, und noch ganze 15 Cents in der Tasche. Vielleicht taugen wir alle nichts für diese Welt, dachte ich damals. Keiner ist tapfer genug, stark genug, glücklich genug, Manns genug, gut genug. Keine Chance. Es gibt keine Heroen und keine Sieger auf der Welt. Es fing an zu regnen, und ich sang einfach weiter...

Miss Lust aus Brooklyn. Saß auf einer Bank im Prospect Park, als ich sie ansprach. Wir schafften es gar nicht erst bis in ihre möblierte Bude, wir machten es gleich im Treppenhaus. Sie war süchtig nach rasenden Autofahrten. Ihre Pussy war trocken wie ein Martini. Dagegen half kein Schwanz und keine Astrologie. Nichts als dieses große süchtige übermächtige Verlangen. Keine Zeit für Zärtlichkeit, in diesen Straßen von Brooklyn und Manhattan.

Und die Straßen von New Orleans, in denen sich Valentine herumtrieb mit seinem ansteckenden Lachen, mit seinen Zeichnungen von fetten Weibern aus "P Town", aus Hyannis, aus dem Village. Seine russischen Augen mit ihren Erinnerungen an die Wolga.

Kerouac, der soviel sah und festhielt mit diesem überwachen Blick, trainiert an den Express-Güterzügen, die durch Lowell rasten. Ed Balchosky, einarmig in Chicago, wo er im Morgengrauen auf dem Dach saß und alte spanische Kampflieder sang. Freddie Redd, der sein funky Piano spielte in Bumslokalen. Und Jamie irrte durch die leeren Straßen der City und lachte zum Mond hinauf.

Jimmy the Greek, begnadeter Spieler, auf einem Ritt durch die Berge. Und Paul Crumb, lebenslänglich im Knast. Der Alte mit dem Akkordeon in der 8th Street. Ich gab ihm immer einen Vierteldollar, damit er "Wolgaschiffer" für mich spielte. Auch im kältesten Winter gab es damals noch ein bißchen Freude auf der Straße, ein brüderliches Gefühl, das wärmte; Girls, die noch Lust hatten und es einen auch merken ließen.

Die Jennings Brothers zogen kreuz und quer durchs Land und träumten vom großen Geld, von Mädchen und schnellen Schlitten, während sie Teller spülten in Restaurants. Der kahlköpfige Bernie, saß immer auf einer Bank am Washington Square und schrieb Epigramme. Malocht jetzt schon seit Jahren als Schichtarbeiter im Hafen.

Rainy Cass, mein Mentor, verschollen im Dschungel des French Quarter. Ein weißer Nigger, der Street Calls über den Lake Pontchartrain jodelte, den funky Jazz aus den Bayous seines Hirns. Ich sehe Valentine's lachendes Gesicht im Mondschein, sehe ihn wieder vor mir, wie er gebratene Truthahnflügel ißt, die er irgendwo für fünfzehn Cents erstanden hat, wie er die abgenagten Knochen über die Schulter wirft. Und Toni, inzwischen längst verscharrt, draußen hinter Rinkers. Toni, der seine Trompete für uns alle blies.

Der Pfiff der Lokomotive hallt immer noch über die Prärie. Doch was wir heute noch träumen sind nur flüchtig erinnerte

Augenblicke, ferne Geräusche, die verhallen an einem leeren Himmel. Kerouac's stolzes lächelndes Gesicht, Old Angel Midnight. Das dumpfe Dröhnen der Nebelhörner, über den Dächern und Treppen, in unseren Gedanken.